DARCY RIBEIRO

CRÔNICAS PARA JOVENS

Seleção e Prefácio

GUSTAVO HENRIQUE TUNA

São Paulo
2021

© **Fundação Darcy Ribeiro, 2013**
1ª Edição, Global Editora, São Paulo 2021

Jefferson L. Alves – diretor editorial
Gustavo Henrique Tuna – gerente editorial
Flávio Samuel – gerente de produção
Juliana Campoi – coordenadora editorial
Adriana Bairrada e Sandra Brazil – revisão
Eduardo Okuno – projeto gráfico
Acervo Fundar – foto de capa
Eliane Miranda – capa e diagramação

Dados Internacionais de Catalogação na Publicação (CIP)
(Câmara Brasileira do Livro, SP, Brasil)

Ribeiro, Darcy, 1922-1997
    Darcy Ribeiro crônicas para jovens / Darcy Ribeiro ; seleção e
prefácio Gustavo Henrique Tuna. -- São Paulo : Global Editora, 2021.

    ISBN 978-65-5612-117-8

    1. Crônicas brasileiras I. Tuna, Gustavo Henrique.
II. Título.

21-65784   CDD-B869.8

Índices para catálogo sistemático:

1. Crônicas : Literatura brasileira B869.8
Cibele Maria Dias - Bibliotecária - CRB-8/9427

Obra atualizada conforme o
NOVO ACORDO ORTOGRÁFICO DA LÍNGUA PORTUGUESA

Global Editora e Distribuidora Ltda.
Rua Pirapitingui, 111 — Liberdade
CEP 01508-020 — São Paulo — SP
Tel.: (11) 3277-7999
e-mail: global@globaleditora.com.br

g globaleditora.com.br   /globaleditora

blog.globaleditora.com.br   /globaleditora

/globaleditora   /globaleditora

f /globaleditora

Nº de Catálogo: **4425**

DARCY RIBEIRO

CRÔNICAS PARA JOVENS

BIOGRAFIA DO SELECIONADOR

Gustavo Henrique Tuna nasceu em Campinas, São Paulo, em 1977. É doutor em História Social pela Universidade de São Paulo e mestre em História Cultural pela Universidade Estadual de Campinas, onde defendeu em 2003 a dissertação *Viagens e viajantes em Gilberto Freyre*.

É autor de *Gilberto Freyre: entre tradição & ruptura* (São Paulo: Cone Sul, 2000), premiado na categoria Ensaio do III Festival Universitário de Literatura, promovido pela Xerox do Brasil e pela revista *Livro Aberto*. Também é autor das notas ao livro autobiográfico de Gilberto Freyre *De menino a homem* (São Paulo: Global, 2010), vencedor na categoria Biografia do Prêmio Jabuti 2011. É sua a seleção de textos do livro *O poeta e outras crônicas de literatura e vida*, de Rubem Braga, vencedor na categoria Crônica do Prêmio Jabuti 2018.

Atualmente é responsável, como gerente editorial, pelas obras de Gilberto Freyre publicadas pela Global Editora, tendo revisado as notas bibliográficas e elaborado os índices remissivos e onomásticos de cinco livros de Freyre publicados pela mesma editora: *Casa-grande & senzala*, *Sobrados e mucambos*, *Ordem e progresso*, *Nordeste* e *Insurgências e ressurgências atuais*.

PERCURSOS DA CRÔNICA

A crônica é provavelmente o gênero literário de maior popularidade no Brasil. É o texto que traz o olhar sobre o que pouco se nota, impressões sobre eventos, situações, pessoas, crenças e hábitos que fazem parte, de algum modo, de esferas do dia a dia. Sua prosa transmite familiaridade aos leitores, proporcionando uma identificação quase natural. De curta extensão, ela cria sintonia com o cotidiano de um público amplo, em jornais e revistas.

Diante das transformações pelas quais passou, pontuar a origem da crônica não é tarefa fácil. Muitos apontam como seu berço o mundo antigo, quando Heródoto, considerado o "pai da História", já registrava acontecimentos de seu tempo e do passado. Outros, por sua vez, atribuem aos cronistas da Idade Média o nascedouro da prática da escrita de memórias.

No Brasil, a crônica se aninhou com tamanha espontaneidade que muitos afirmam ter ela se tornado um gênero tipicamente nacional. Machado de Assis, ele mesmo um grande cronista, brinca que o gênero teria nascido de um papo entre as duas primeiras vizinhas:

> Essas vizinhas, entre o jantar e a merenda, sentaram-se à porta, para debicar os sucessos do dia. Provavelmente começaram a lastimar-se do calor. Uma dizia que não pudera comer ao jantar, outra que tinha a camisa mais ensopada do que as ervas que comera. Passar das ervas às plantações do morador fronteiro, e logo às tropelias amatórias do dito morador, e ao resto, era a cousa mais fácil, natural e possível do mundo. Eis a origem da crônica.

Apesar das variações encontradas nos textos abrigados no campo da crônica, parece justo dizer que eles são fruto da terra onde são gerados, pois são tingidos pelas formas de expressão do lugar de sua concepção e suas linhas buscam em geral dar conta de aspectos e especificidades que compõem o mundo ao seu redor.

Contemporâneo de Machado de Assis, José de Alencar também mergulhou com volúpia na delícia de recompor remexendo aqui e ali o que sua mente observadora captava. "Ao correr da pena", Alencar usou e abusou da paródia e da autocrítica em suas crônicas, explorando na escrita delas os limites entre o real e o ficcional. Os jornais e as revistas, berços da crônica no país, foram aos poucos sendo cada vez mais ocupados por elas. O time de cronistas de primeira linha no Brasil prosseguiu aumentando ao longo da virada do século XIX para o XX, tempo em que sobressaem os nomes de Olavo Bilac e João do Rio. Sem medo, a crônica foi se beneficiando da fala coloquial e, assim, pavimentou seu caminho de sucesso na literatura brasileira.

Nas primeiras décadas do século XX, outros craques da crônica apareceriam com força máxima, como Lima Barreto, Eneida de Moraes e, um pouco depois, Rachel de Queiroz. Na seara do Modernismo, o público leitor presenciaria uma profusão de grandes romancistas, contistas e poetas que se revelariam exímios cronistas, como Alcântara Machado, Mário de Andrade, Manuel Bandeira e Oswald de Andrade. É preciso recordar também que Carlos Drummond de Andrade, Cecília Meireles e Vinicius de Moraes, geralmente lembrados por seus poemas, transitaram harmoniosamente por esse gênero literário.

A todos esses, foram se juntando outros nomes que alçaram a crônica brasileira a um nível excepcional, como Stanislaw Ponte Preta (Sérgio Porto), Paulo Mendes Campos, Fernando Sabino, Otto Lara Resende, Zuenir Ventura, Marina Colasanti, Affonso Romano de Sant'Anna, Ivan Ângelo, Ignácio de Loyola Brandão, Ruy Castro, entre outros. Assistiu-se no Brasil do século XX à publicação de livros essencialmente compostos de crônicas, um fenômeno, é bom frisar, que permanece em plena atividade.

Construir uma narrativa formada por impressões a respeito de um fato do calor da hora não reside na única via disponível para se tecer uma crônica. Sua natureza aberta escancara à frente do autor um mundo de possibilidades. Abordar um acontecimento miúdo como mote para encontrar na sua essência aparente ou nos seus arredores significados que transcendem aquilo que a maioria consegue enxergar é uma alternativa. Outro itinerário ao bel-prazer do cronista é o de aproveitar o espaço que tem para narrar deliberadamente os detalhes de um mundo recriado em sua imaginação.

Talvez por ter formulado como nenhum outro uma mistura das diferentes maneiras de conceber crônicas, Rubem Braga é hoje considerado o expoente do gênero no Brasil. Suplantando o efêmero que muitas vezes sentencia o texto ao esquecimento e valendo-se de uma envolvente despretensão, ele conta suas histórias como quem sopra um dente-de-leão, cujas sementes voam sem direção precisa e, mesmo assim, atingem em cheio a alma dos leitores.

Tida durante algum tempo como um gênero literário de menor relevo, a crônica brasileira superou há muito tal diagnóstico. Seus autores arrebataram e certamente continuarão arrebatando corações e mentes de gerações de leitores, sempre interessados nos pormenores da "vida ao rés do chão", para utilizarmos a expressão que Antonio Candido cunhou ao delinear o âmago da crônica.

As crônicas de Darcy Ribeiro refletem a ousadia do antropólogo, educador e político em sua postura de vida, elemento que o tornaria célebre nas várias áreas em que atuou. São textos que revelam seu ímpeto para enfrentar questões centrais que envolvem o progresso do Brasil como nação independente e promotora da igualdade social, sempre de forma autônoma e com o otimismo enérgico que marcava sua personalidade.

GUSTAVO HENRIQUE TUNA

| 11

SUMÁRIO

A SEDE DE SABER E FAZER

Em seu livro de memórias *Confissões*, publicado em 1997, Darcy Ribeiro conceberia uma avaliação ao mesmo tempo comovente e generosa de sua trajetória:

> Termino esta minha vida exausto de viver, mas querendo mais vida, mais amor, mais saber, mais travessuras. A você que fica aí, inútil, vivendo vida insossa, só digo: "Coragem! Mais vale errar, se arrebentando, do que poupar-se para nada. O único clamor da vida é por mais vida bem vivida. Essa é, aqui e agora, a nossa parte".

Darcy partiria em 17 de fevereiro daquele mesmo ano, na capital federal, encerrando sua passagem na Terra com um conjunto memorável de "fazimentos", como ele gostava de chamar as diversas realizações que projetou e liderou ao longo de sua vida e que o consagrariam como um dos homens públicos brasileiros que mais fez por seu povo.

Nascido em Montes Claros, Minas Gerais, em 26 de outubro de 1922, Darcy desfrutou de uma modesta e feliz infância, na companhia de uma extensa rede familiar e um grande rol de amigos. Amigos que, em muitas ocasiões, deixaria esperando ao descobrir o prazer da leitura, em torno dos 14 anos de idade. A partir de então, como ele próprio brincara, passaria os dias "comendo papel".

A partida para a capital do estado, Belo Horizonte, seria feita com o intuito de se formar médico. Talvez resida aí a primeira manifestação de seu pendor por ajudar o próximo, principalmente os mais vulneráveis, missão que ele tomaria para sua vida inteira. Contudo, o interesse pelo ser humano ganharia novos rumos. Na universidade, passou a se interessar fervorosamente pelas aulas da Faculdade de Filosofia. Em 1942, graças a uma bolsa, o jovem, à época com 20 anos, parte rumo a São Paulo para estudar na Escola de Sociologia e Política, na qual se especializaria em Etnologia.

Após formar-se etnólogo, Darcy daria início no Rio de Janeiro ao primeiro trabalho dedicado aos povos indígenas, ao ingressar em 1947 no Serviço de Proteção ao Índio (SPI), experiência que acaba levando-o a atuar lado a lado do Marechal Cândido Rondon, um dos maiores conhecedores dos povos nativos do Brasil na época. Seria o início de uma série de estudos de campo que Darcy conduziria junto a tribos indígenas no Estado do Mato Grosso, na Amazônia, no Brasil Central, no Paraná e em Santa Catarina, as quais renderiam importantes livros sobre os costumes, a alimentação, a economia, todo um universo de valores e práticas dos povos nativos que o antropólogo saberia identificar e traduzir como poucos. É neste período, por exemplo, que ele permanece duas temporadas com os Urubu-Kaapor, em plena região amazônica, experiência que registraria em seu livro *Diários índios* (1996), escrito em forma de cartas dirigidas à sua querida Berta Ribeiro, antropóloga de mão cheia e sua companheira durante boa parte da vida.

Em 1954, Darcy seria responsável pela organização de uma importante instituição que representaria de maneira brilhante o legado dos indígenas: o Museu do Índio. Sob sua direção, o Museu produziria diversos documentários sobre os povos Kaapor, Bororo e da região do Xingu. Naquele mesmo ano, com os irmãos Orlando e Cláudio Villas-Boas – dois importantes sertanistas na época – ele conceberia o plano de criação do Parque Indígena do Xingu, celebrado como uma das maiores reservas do gênero no mundo. Em seu livro de memórias *Confissões*, Darcy expôs sua estratégia para convencer Getúlio Vargas a criar a reserva:

> Argumentei que no Brasil Central os fazendeiros derrubam a mata e põem fogo para plantar capim. Cada ano voltam a pôr fogo para livrá-los de pragas e de cobras. Em consequência, a terra vai sendo queimada e convertida num deserto. A única forma de preservar aquela província, que é um bom pedaço do Brasil original, para que os netos dos nossos netos pudessem vê-lo daqui a milênios, era criar o parque, entregando aos índios sua preservação.

E conclui: "só eles seriam capazes de preservar uma amostra viva da natureza original do Brasil, que vem sendo destruída por toda parte".

A volúpia por saber e fazer cada vez mais levaria Darcy a ingressar no ambiente universitário. Nesse sentido, assume em 1955 a cadeira de Etnografia Brasileira e Língua da Universidade do Brasil, no Rio de Janeiro, na qual atuaria até 1961. A experiência certamente lhe forneceria subsídios para, com a companhia fundamental do educador Anísio Teixeira, mergulhar de cabeça em outra grande realização de sua vida: a criação da Universidade de Brasília (UnB). Fundada com apoio de Juscelino Kubitschek, a nova universidade cravada no Planalto Central seria um polo de novas ideias e repleta de liberdade em sua dinâmica, bem a seu gosto. Tendo sido escolhido para ser seu primeiro reitor, o intelectual comandaria os primeiros passos de uma universidade que ele desejava que fosse diferente de todas as demais que existiam.

Naquela circunstância, Darcy pôde aperfeiçoar e pôr em prática todo o conhecimento que já havia assimilado no campo da educação, especialmente entre os anos de 1957 e 1959, período em que havia sido um dos diretores do Centro Brasileiro de Pesquisas Educacionais (CBPE), órgão do Ministério da Educação. Outra passagem importante da trajetória de Darcy em prol da melhoria do ensino no país foi sua participação ativa, mais uma vez ao lado de Anísio Teixeira, na campanha de difusão da escola pública junto ao Congresso Nacional, que elaborava a Lei de Diretrizes e Bases da Educação. Desenhava-se assim, num percurso de muita luta, sua paixão por todo e qualquer problema relacionado ao ensino e à aprendizagem.

Sua dedicação às questões relacionadas ao ensino o colocaria diante de novo desafio. Durante o curto período de João Goulart como presidente da República, Darcy ocuparia o cargo de ministro da Educação. Sua permanência no posto seria breve, visto que se tornaria em pouco tempo chefe da Casa Civil, estando ao lado do presidente nos momentos decisivos que antecederam o golpe militar de 1964. Consumada a deposição de Jango, Darcy partiria para o exílio no Uruguai, ficando assim em suspenso sua condição para participar ativamente na construção de um país mais justo para todos.

A partir de então, Darcy embrenha-se por outros países da América Latina, sendo convocado a atuar na concepção e consolidação de universidades no Uruguai, Venezuela, Peru e México. Com a experiência como professor da Universidade do Brasil e seu protagonismo na fundação da Universidade de Brasília, pôde colaborar ativamente para a reestruturação do sistema universitário desses países.

O período vivido no exílio é especialmente fértil no que diz respeito à sua obra como antropólogo. São dessa fase os livros *Os índios e a civilização* (1970), *Uirá sai à procura de Deus* (1974) e *Configurações histórico-culturais dos povos americanos* (1975). Darcy retornaria temporariamente ao Brasil em 1974, a fim de tratar um câncer e, após certo tempo, regressaria ao exílio. Num período ainda duro no país para a atuação de um espírito progressista e libertário como o dele, ele se dedica pela primeira vez à ficção, publicando em 1976 o livro *Maíra*, seu primeiro romance.

Somente em 1980, na condição de anistiado, reassume o cargo de professor titular do Instituto de Filosofia e Ciências Sociais da Universidade Federal do Rio de Janeiro, retomando assim as atividades acadêmicas no campo da Antropologia e da Educação. A possibilidade de intervir de forma mais efetiva na melhoria da Educação o leva a se candidatar a vice-governador do Rio de Janeiro, na chapa encabeçada por Leonel Brizola, em 1982. Eleito, acumula o posto com o de secretário de Estado da Secretaria de Ciência e Cultura. São os tempos em que Darcy delineia alguns de seus "fazimentos" mais conhecidos, como o planejamento e a construção do Sambódromo do Rio de Janeiro e a concepção dos Centros Integrados de Educação Pública (Cieps), ambos com projeto arquitetônico de autoria de Oscar Niemeyer, seu amigo de longa data. Ousadia típica de Darcy, os Cieps foram concebidos de forma arrojada, com o objetivo de garantir educação de qualidade, em tempo integral, a cerca de 300 mil crianças. Esse formato de escola planificada e executada por ele serve até hoje como modelo para estados e municípios pelo

Brasil afora na formulação de políticas públicas destinadas à melhoria do ensino básico.

A jornada de sucesso na política brasileira faria com que Darcy fosse eleito senador pelo Estado do Rio de Janeiro, em 1990. O mandato, contudo, seria interrompido por nova missão: com a recondução de Leonel Brizola ao cargo de governador do Rio de Janeiro, Darcy assume a Secretaria de Estado Extraordinária de Projetos Especiais. Estaria sob sua responsabilidade a retomada da implantação dos Cieps, por ele projetados havia poucos anos.

Sua sede por querer compreender o desenvolvimento histórico do Brasil, vasculhando suas raízes e caminhos, não sairia nunca de sua perspectiva. Tanto isso é verdade que, não se deixando vencer por graves problemas de saúde, Darcy foge sorrateiramente do hospital onde se internara em 1995 para seguir direto para sua casa em Maricá, litoral carioca, a fim de concluir a redação de seu seminal livro *O povo brasileiro*: a formação e o sentido do Brasil. Nele, o intelectual produziria uma profunda e bem escrita análise da gênese histórico-social brasileira, a qual se consagraria como uma das grandes interpretações do Brasil já realizadas. Ainda que identificando toda sorte de atrasos de mentalidade das elites e injustiças sociais ao longo dos cinco séculos de história brasileira, Darcy procura vislumbrar caminhos promissores para seu país. E profetiza no livro que a nação se configurava como uma "nova Roma, lavada em sangue negro e índio, destinada a criar uma esplêndida civilização, mestiça e tropical, mais alegre, porque mais sofrida e [...] porque assentada na mais bela província da Terra".

Em 1996, ao retomar sua cadeira no Senado, Darcy se dedicaria com todas as forças, tanto por meio de discursos como em artigos publicados em jornais, à aprovação da Lei n. 9.394/1996, a Lei de Diretrizes e Bases da Educação Nacional, que se tornaria conhecida como Lei Darcy Ribeiro. Tal conjunto de diretrizes estabeleceria os princípios da educação e os deveres do Estado em relação à educação pública. Assim, o educador que sonhava com um país em que o ensino em todos os níveis fosse de primeira grandeza capitaneava mais outra grande ação em benefício de seu povo. O feito da aprovação de tal lei se deu dois meses antes de seu falecimento, configurando-se no derradeiro "fazimento" que o intelectual legou à sua nação.

A presente seleção tem como perspectiva disponibilizar ao leitor jovem uma amostra representativa das colaborações de Darcy Ribeiro aos jornais. Na década de 1990, o jornal foi um poderoso instrumento para que nosso intelectual e político pudesse, em rápidas reflexões, expor sua visão sobre o Brasil, bem como seus projetos e realizações.

A primeira seção, intitulada "Sonhos não envelhecem", reúne textos de Darcy nos quais estão presentes algumas de suas aspirações para o país, bem como seus esforços pessoais a fim de ajudar a colocar a nação nos trilhos do desenvolvimento.

Na sequência, o bloco "Em defesa dos mais vulneráveis" traz, em manifestações breves e repletas de sagacidade, o pensamento de Darcy sobre as injustiças sociais de seu tempo. Identificando o atraso das elites brasileiras e revelando seu descaso em relação à massa de necessitados, o intelectual concebe diagnósticos impressionantes a respeito dos aspectos que relegaram boa parte da população brasileira a ter que lutar incessantemente por condições básicas de vida.

No segmento intitulado "Antes de nós", nos deparamos com instantes poderosos dedicados à luta dos povos indígenas, cujas almas e história ele conhecia a fundo. Em curtas análises repletas de sabedoria e empatia, ele expõe com precisão a premente necessidade de respeitar e valorizar a presença daqueles que estavam aqui antes de nós e pontua o que a sociedade global tem a perder com o seu extermínio.

Por fim, o bloco "Educação em pauta" congrega escritos que sintetizam algumas de suas principais ações no campo do ensino. A dedicação que Darcy devotou à evolução do nível da educação brasileira como um todo está latente nesses breves textos, os quais revelam o poder do conhecimento que o intelectual vislumbrava para a transformação dos destinos dos cidadãos brasileiros.

As crônicas de Darcy reunidas neste volume trazem suas conclusões desconcertantes sobre os rumos do Brasil, concebidas com sabedoria, ironia e coragem. Revelam a alma independente de um pensador que se indignava com as desigualdades sociais e econômicas, as quais ele identificava como empecilhos para a vida em uma sociedade mais justa. E, talvez o mais importante, evidenciam sua vontade incessante de conhecer sua gente e trabalhar por ela.

GUSTAVO HENRIQUE TUNA

SONHOS NÃO ENVELHECEM

UFANISMO

Vejo o Brasil com o maior entusiasmo. Creio mesmo que não há nenhuma província na Terra nem povo algum tão apropriado para florescer como uma civilização bela, próspera e solidária.

Temos riquezas insuperáveis. Elas começam pela extensão imensa de terras úmidas, cultiváveis, iluminadas e aquecidas pelo sol mais intenso.

Nada é mais apropriado para a exploração da biomassa como a fonte energética do futuro imediato, já que o mundo só terá petróleo para mais 20 anos. Nossos inumeráveis rios caudalosíssimos guardam imensidades de águas-vivas.

Formam uma trama navegável por canais que comunicarão o país inteiro. O principal deles será uma linha-d'água de Belém do Pará a Buenos Aires. Suas cachoeiras podem nos dar dez vezes mais do que a muita energia hidrelétrica que usamos.

Contamos ainda com regiões ecologicamente diversificadas, como a Amazônia, o Nordeste, o Pampa, o Pantanal e muitas outras.

A Amazônia, vista pelos tolos como problema, é a oferta maior de biodiversidade vegetal e também de variedade de madeiras para todos os usos e a maior reserva mineral do mundo.

Tudo tão majestoso e belo que tem sido chamado de "O Jardim da Terra". Será amanhã um centro mundial de turismo. Quem não quererá pegar a namorada pela mão para passearem, pelados, naquele jardim?

Se a França e a Itália vivem desse negócio, mostrando ruínas, porque há séculos não fazem nada que preste, imagine o que ganharemos nós, abrindo aos homens "O Jardim da Terra"?

O Nordeste, muito caluniado pelos bobocas, é outro "Jardim da Promissão". Primeiro que tudo, como nosso maior e melhor criatório de gente alegre, trabalhadora e habilíssima.

Depois, porque tem milhares de quilômetros de praias de água morna. É outra área de turismo que se expandirá rapidamente, porque as praias das quais vivem a Espanha e Portugal já estão tão superlotadas de gente que eles têm de ficar de pé para tomar banho de sol.

Levantando as águas do São Francisco uns 200 metros acima do seu leito, a um preço razoável, o Nordeste seria um Israel gigantesco de terra irrigada.

Mesmo sem as águas do Velho Chico, usando melhor os veios de água subterrânea, os açudes e cacimbas que temos, e cavando muitos outros, se poderá pôr Israel para trás.

O cerrado do Centro-Oeste e arredores, desde sempre discriminado, é hoje sabidamente o grande celeiro do Brasil e do mundo para produzir soja, trigo ou o que se quiser. Até árvores exóticas, plantadas lá como se fez em Brasília, crescem escandalosamente.

Ainda há a massa de gases petrolíferos e a oferta imensíssima de minérios de toda qualidade que dariam para nos enriquecer. Basta adotar o sistema do Alasca, que destina 30% das riquezas naturais não renováveis para criar riquezas permanentes.

Tudo isso e, principalmente, o povão de 150 milhões de pessoas, fundidas pela mestiçagem carnal e espiritual, cheias de vontade de trabalho, fartura e progresso, formam uma base que ninguém mais no mundo tem para eclodir uma nova civilização esplêndida.

Ruim aqui é a classe dominante, atrasada e medíocre, que monopoliza a terra e se vende a interesses estrangeiros.

4 de dezembro de 1995

FALA DE OUTRO CAIPIRA

Não há maior besteira que a de um brasileiro embasbacar--se com a doutrina norte-americana da globalização. É compreensível que um país pequeno, sem potencialidades assinaláveis, se conforme com a fusão no Colosso porque, sendo isto inevitável, o melhor é relaxar-se para tirar algum proveito.

Este não é, evidentemente, o caso do Brasil. Seja pelo montante de nossa população, que faz de nós a maior nação neolatina. Seja pela vocação de nosso povo, cuja maior aspiração é trabalhar. Seja por sua capacidade de exercer qualquer ofício ou profissão. Seja, ainda, e principalmente, pela enormidade de nossos recursos naturais e minerais, que o mundo inteiro quer consumir.

Que é que nos falta para, afinal, dar certo? Falta-nos, essencialmente, vontade política para formular e pôr em execução um projeto próprio de desenvolvimento autônomo. Falta-nos, também, a consciência – debilíssima nos tecnocratas – da destinação do Brasil como civilização tropical e mestiça, que oferecerá ao mundo um novo padrão civilizatório. Não vamos reproduzir ninguém como fazem as Austrálias, os Canadás e os USAs. Seremos um gênero humano novo, uma Nova Roma. Melhor, porque lavada em sangue negro e em sangue índio.

Quem estranha que eu fale de Nova Roma está precisando estudar História. Que somos nós senão o rebento que há dois mil anos saiu do Lácio e da Etrúria, latinizando meio mundo? A Ibéria latinizada nas versões espanhola e portuguesa foi o único broto latino que se multiplicou depois de mil e quinhentos anos de descanso. Na América Latina é que se reproduziu prodigiosamente e começa a florescer a Nova Roma. O que nunca se concretizará se depender dos basbaques que não têm coração nem mente para assumir nossa destinação.

Começamos a nos ser, vigorosamente, com o Mercosul que nos atraca a um grupo de países homogêneos, como não há outros; e como um centro produtor e um mercado altamente promissores. Precisamos, agora, é montar o Merconorte, que nos unirá à Venezuela, à Colômbia, ao Equador e à Bolívia. Perfeitamente capaz de crescer também. Estas aglutinações regionais é que nos afirmam para a interação sempre conflitiva com os outros blocos mundiais, o norte-americano, o centro-europeu e o japonês, bem como o chinês, o russo e o indiano, igualmente capazes de futuro.

Simultaneamente com essa ação externa, teremos que enfrentar os dois principais desafios internos. Uma Reforma Agrária verdadeira, que assente em terra própria milhões de famílias que nosso sistema econômico não poderá empregar e cujo futuro está em manter-se no campo ou em reverter a ele, para ali alcançar prosperidade.

O outro desafio é incorporar todo o nosso povo à civilização letrada. O que jamais se fará com a desastrosa invenção brasileira que é a escola de turnos. O mundo só conhece escolas de dia completo para professores e alunos. Só nelas a criança, oriunda de família sem escolaridade, pode progredir. Sem ela, será formada, de fato, é no mundo do lixo e da delinquência, arrastando o Brasil para o atraso.

22 de julho de 1996

DARCY VIRTUAL

Não sou um homem de ideias. Não só. As ideias e a imaginação me empolgam, mas o que faz minha cabeça são os
fazimentos. Deles é que me orgulho. Dessas instâncias em que
consegui plantar ideias no chão do mundo. Sobretudo minhas três universidades e uma mais que estou fazendo agora – a Universidade Aberta do Brasil. Meus 500 Cieps. Um
Sambódromo que fiz no Rio e o Beijódromo que estou fazendo
em Brasília.

O que me ocupa agora, mobilizando todas as energias,
é a criação de um protótipo multiplicável de Central de Tele-
-educação e Multimídia. Já ganhei o prédio, doado pelo governo
do Distrito Federal. Estou ganhando o resto. Trata-se de reunir,
num sistema computacional complexo, todo o saber em que se
funda a educação de 5ª a 8ª séries e a de ensino médio, bem
como o Curso Normal Superior de formação e aperfeiçoamento
de Magistério de 1º grau, além de cursos de Saúde, Desportos,
Informática e de Artes. Integram também o conjunto cursos
orientados para os trabalhadores, que cobrem desde a leitura
compreensiva até os direitos do trabalhador, o sindicalismo, o
cooperativismo e a cidadania.

O mais bonito da minha Central é que ela funciona a tempo real. Qualquer dos seus cursos começa para o aluno quando
ele chega, porque não há períodos letivos e cada um progride
segundo possa, mobilizando sua própria energia. A multimídia
também ajuda porque, quando o aluno chega, diz a ele qual foi
a última lição que fez, a repete e passa para a seguinte. Mais
sensacional ainda é que isso funciona como um buraco negro,
ou seja, todos os meus cursos estarão abertos para serem chu-
pados por quem quiser. Com um telefone de qualquer lugar do
Brasil, pagando taxa local, se pode acionar a Internet para pedir
um curso sobre Picasso ou sobre Astronomia, sobre Educação
Sexual, Informática ou sobre o que se queira.

Essa Central de Tele-educação e Multimídia, com seus 60 computadores de uso dos alunos e seus grandes computadores centrais, é o ninho em que botarei o ovo da minha futura Universidade Aberta do Brasil. Se eu não fosse eu, ninguém acreditaria que isso é possível. Mas quem fez o Sambódromo em quatro meses e o converteu num enorme Escolódromo, que se empresta uma semana por ano às Escolas de Samba, pode fazer qualquer coisa mais. Vaidade? Sem qualquer dúvida. Sou vaidoso de mim. Convivo comigo há setenta e tantos anos e continuo gostando de mim. Os modestos têm suas razões.

Sou levado a esse novo fazimento porque o meu amor mesmo – além das moças – é o povão. Meu protótipo, que espero pôr em funcionamento até o fim do ano – creiam-me! – será multiplicável. Qualquer prefeito ou potentado de qualquer metrópole, se é homem de visão, pode me pedir ajuda gratuita para montar lá no seu município uma central igualzinha à minha. Com capacidade de atender a uns 10 mil alunos presenciais e a quantos se queira se alcançar a difusão televisiva – o que vou conseguir – e a produção do material didático de boa qualidade para os meninos e os madurões estudarem. Não se aprende por televisão. Só se aprende estudando textos escritos. Os computadores são os professores do futuro. Mas cuidado! Não fazem nada se não tiverem um bom professor ao lado, emprenhando-os de ideias.

29 de julho de 1996

SAMPA

Sou meio paulista. Nasci em Minas, lá me criei, mas São Paulo me refez. Foi São Paulo que me catapultou para dez anos no Pantanal e na Amazônia, estudando a natureza humana tal como ela pode ser observada nos povos indígenas.

Sem aquele ambiente que havia em São Paulo nos anos da guerra, com tantos sábios e professores lá refugiados, eu jamais teria me proposto um destino tão ambicioso.

Neto de boiadeiros e garimpeiros, como eu, pode ser qualquer coisa. Não cabe é ser etnólogo, formado na Escola de Sociologia e Política, sob as luzes de Herbert Baldus.

Também aí São Paulo me deu um empurrão ao conceder o Prêmio Fábio Prado, que tinha enorme prestígio, para meu livro sobre os Kadiwéus.

Digo tudo isso para mostrar que tenho direito de falar mal de São Paulo. Todo mundo fala bem de suas grandezas. Alguém tem de reclamar de suas feiuras. A que mais me agride e me horroriza é a incapacidade paulista de conviver com seus belos rios: o Tietê, até histórico e geográfico, e o Pinheiros, portentoso.

Londres, Paris, Berlim, Moscou se orgulham dos rios que as atravessam. Cuidam carinhosamente deles, como jardins aquáticos, em que o povo vai passear, namorar e até pescar.

São Paulo, não. Converteu seus rios magníficos em canais sanitários e os cercou, dos dois lados, com assassinas avenidas expressas, onde milhões de carros caçam gente desenfreadamente.

Como temos, aí na popa, um novo prefeito emergindo, é a ele, ou a ela, que me dirijo, pedindo: salve nossos rios. Para começar, as margens escassas que ainda têm livres. Depois, arrancando as avenidas imbecis para dar aos paulistas o que todo povo tem, o direito de espairecer vendo verdes e águas.

Imagino o Tietê e o Pinheiros cercados de grandes árvores transplantadas, de canteiros discretos de flores, de grama para a criançada jogar bola, de bancos para os namorados e até de "buquinistas" vendendo livros antigos.

Há idiotas dizendo que a brutalidade contra nossos rios resulta do progresso. Besteira. Nova York, Londres, Berlim e Moscou têm muito mais progresso, mas não abrem mão da beleza de suas águas.

Como vai haver mais gente prefeitando as outras cidades atravessadas pelo Tietê, igualmente descuidadas, alento no peito a esperança de que, fora da cidade de São Paulo, também o Tietê e o Pinheiros possam engalanar-se.

O mais doloroso de minhas chegadas a São Paulo pelo aeroporto de Guarulhos é atravessar aquela extensão imensa do Tietê sendo assassinado. Desobrigo os prefeitos de fazerem tudo o que prometeram, mas peço que salvem nossos rios, em nome da beleza e da civilidade.

14 de outubro de 1996

A NOVA ROMA

Queria ter recebido no dia 17 último, na praça do Campidoglio, em Roma, que é o centro da civilização ocidental, a comenda que o prefeito de Roma me daria.

Falo do prêmio Roma-Brasília, que me foi concedido com o respectivo título, alguns dinheiros e uma miniatura da loba romana.

Se fosse pequenininha eu a carregaria no peito, mas, grande como é, a levarei onde for na minha cadeira de rodas.

Fui representado no Campidoglio pelo embaixador do Brasil na Itália, Pires do Rio, que disse ali aos romanos em espanto a minha oração:

> Tenho o coração pulsando de alegria pelo prêmio que hoje me é dado. Só mesmo eu posso avaliar quanto me comove este vínculo Roma-Brasília. Tenho para isso fortes razões.
>
> Eu sou o que vem de volta. Saí de Roma há 2 mil anos, nos ofícios de soldado e de romanizador da Europa. Por 1.500 anos acampei na Ibéria, latinizando a gente bárbara de lá.
>
> Foi tarefa dura. Tanto fazê-los entender e falar latim, com suas bocas estranhas, que o deformaram bastante, como, e sobretudo, mantê-los latinizados.
>
> Sucessivas invasões lá foram ter, querendo ali assentar-se permanentemente. Principalmente as árabes, que tomaram e mantiveram o poder por um milênio, tudo fazendo para desfazer nossa obra de latinização. Resistimos. Vencemos.
>
> Há 500 anos atravessei o mar grosso nas naus lusitanas e vim ter aqui nas terras selvagens do Brasil. O desafio se repetiu, maior ainda.
>
> Agora se tratava de latinizar os índios bravos da floresta, tantíssimos; os negros, milhões deles que trouxemos da África; além dos europeus e gentes orientais de fala truncada, que tivemos também que latinizar.
>
> Somos hoje um povo só, a Nova Roma. Unidos pela língua, pela cultura e pela destinação como a maior das províncias neolatinas. Somos nós que representaremos a tradição romana no concerto dos povos dos próximos séculos e milênios.

Nós o faremos simultaneamente com a tarefa maior de nos modernizarmos, de dominarmos as mais avançadas ciências e técnicas para realizar, em grandeza, nosso destino de futura civilização latina, morena e tropical.

Orgulhosa de ser a Nova Roma, uma Roma melhor, porque lavada em sangue índio e em sangue negro.

Há quem conteste nossa romanidade. Tolice. Se não somos nós que encarnamos Roma, quem será?

Apenas aceito um reparo, o de que o nós da identificação romana se refere a toda a América Latina.

30 de dezembro de 1996

PROJETO CABOCLO

A Amazônia constitui uma das maiores preocupações da gente de toda a Terra. Todos queremos salvá-la, tanto a floresta maior do mundo que é o Jardim da Terra quanto, e sobretudo, os povos da floresta.

Entretanto, essa aspiração salvacionista esbarra no duro fato de que só sabemos usar a floresta matando-a, seja para plantar capim, na intenção de fazer dela um pampa argentino, seja em outras utilizações. Todas elas começam derrubando a mata e expulsando a gente que sabe habitá-la.

Há 50 anos, desde que comecei a estudar a Amazônia, e, sobretudo, nos últimos dez, venho enfrentando o desafio de propor uma solução concreta que é a de explorar a Amazônia, preservar a floresta e reter nela sua população cabocla.

Falo do Projeto Caboclo, que afinal encontrou apoio para concretizar-se. Graças à ajuda de organizações internacionais, de empresas nacionais e do governo. Meu projeto consiste em instalar, em áreas de 5 mil hectares, no meio da floresta, comunidades de 50 famílias. Para ali refazerem as formas de adaptação ecológica que desenvolveram ou herdaram de 10 mil anos de sabedoria indígena.

A cada família se deve assegurar uma renda mensal de um salário mínimo. Sua primeira tarefa seria plantar uma grande roça coletiva que garanta a subsistência, construir uma casona que sirva de centro de convívio, escola e igreja e, ao redor dela, 50 casas.

Todas edificadas segundo a prática cabocla de uso da madeira e das folhas de palmeiras. Uma vez implantada essa base de sobrevivência, aquela comunidade se encarregará de plantar, no meio da mata, muitos milhares de árvores frutíferas como o cupuaçu, bacuri, a castanha, o açaí e umas dez mais.

Além disso, plantará também madeiras de lei e árvores de uso industrial, como a seringueira. Simultaneamente, deverão criar no agual que é a Amazônia grandes criatórios de peixes, jacarés, tartarugas etc. Essa forma de ocupação, além de garantir o fundamental que é uma farta subsistência da comunidade, lhes dará prosperidade econômica, permitindo que ao fim de seis anos se tornem independentes e se organizem como cooperativas.

Não há por que plantar todas essas árvores e criar todos esses peixes amazônicos em São Paulo ou em Minas, como se faz, e não fazer o mesmo na Amazônia. Acresce a isso que só essa alternativa de ocupação impedirá que os povos da floresta continuem condenados a viver a vida famélica de Belém e de Manaus.

Um projeto assim de ampla duração foge das razões imediatistas das empresas que estão se instalando na Amazônia. Razão por que precisa ser subsidiado a um custo muito baixo que são os salários, os meios de transporte e as instalações básicas para a exploração da floresta.

Meu projeto está encontrando amplo apoio. Inclusive, já tem uma garantia de doação de seis áreas para implantar as comunidades experimentais. Muita gente mais poderá e deverá ajudar, tanto por amor à floresta e seus povos como pelo desejo de viver e conviver alguns anos no meio da mata com as comunidades caboclas.

Se você quiser participar desse empreendimento ecológico e humanista escreva para mim, no Senado, em Brasília.

10 de fevereiro de 1997

RIO

Meus amigos cariocas reclamam que eu dê um espaço ao Rio também, nesta coluna. Fiz de uma delas a louvação de Brasília. Em outra, proclamei minha paulistanidade. O Rio, afinal, me fez senador da República e toda gente de lá me quer bem. Vamos ao Rio. É nosso tema.

O Rio é o encantamento de milhões de brasileiros, que têm os olhos postos lá e o sonho de uma vez ir ao Rio. Seja para de lá olhar o Brasil e o mundo, que em seus ares claros se deixam ver e compreender. Seja para viver uma história de amor que os armará para, de volta à sua terra, curtir saudades a vida inteira.

Não exagero não: o Rio é mesmo um esplendor. Creio até que foi feito num dia em que Deus estava de bom humor. Só assim se compreende que tenha arrastado uma montanha pétrea para beira-mar e até pelo mar adentro, formando ilhas, enseadas e praias às centenas, cada uma mais bela.

Essa visão do Rio é antiga. Américo Vespúcio – o tal que deu nome às Américas – lá esteve por 1501, montando uma fortificação para os portugueses nas praias onde hoje está Cabo Frio. Conviveu tempos com a indianidade dentro da mata tropical e nas praias, vendo mil baleias soprando jorros e milhões de golfinhos bailando, além de nuvens de *Ibis rubra*, garças vermelhas que pousavam avermelhando a praia inteira ou levantavam voo em revoadas. Seu encantamento foi tamanho que de lá escreveu uma de suas célebres cartas, através da qual o mundo soube das maravilhas do Novo Mundo. Numa de suas cartas, dirigida ao Papa, tão extasiado estava Américo com a beleza daquelas terras, águas e matas que até perguntou ao Santo Padre se a terra encontrada não seria o Paraíso Perdido. Chega quase ao exagero, dizendo que as terras que conhecera eram férteis e amenas, com muitos morros, infinitos vales e extensos bosques. Todas as árvores eram odoríficas e existiam ali miríades de aves de todas as cores, que maravilhavam pela beleza de seus cantos.

É também possível que Thomas Morus tenha escrito sua *Utopia*, em 1516, encantado pela notícia do Novo Mundo, que obrigava os sábios do mundo velho a repensar os mundos, a conceber a sociedade como um projeto gerado por um ideal de beleza e de convivência amena.

Assim é que o Rio foi, desde sempre, o encantamento dos homens. É infinita e incomparável a beleza de Angra dos Reis vista desde a montanha, debaixo da floresta. Quem a viu uma vez a guarda sempre no peito como seu instante maior de percepção em êxtase da beleza do mundo.

Meu Rio querido perdeu muitas dessas maravilhas, tão maltratado foi pelas civilizações. Mas lá ainda está, sempre estará, como a mais bonita província da Terra, que há de ser também, amanhã, a mais cordial, alegre e feliz.

11 de novembro de 1996

EM DEFESA DOS MAIS VULNERÁVEIS

BRASIL, ENGENHO DE GASTAR GENTES

A fome no Brasil é crônica e antiquíssima. Desde os primeiros séculos se tomam providências contra ela, que mata gente aos milhões. Primeiro, se obrigavam os engenhos de cana a plantar mandioca. Depois, se proibia criar gado na costa. Mais tarde, se deixou o domingo livre aos escravos para produzirem sua própria comida. Há séculos, se proibiu a vila de Parati de produzir polvilho para que a farinha alimentasse. Até hoje lá se produz uma farinha gorda, a melhor que há.

Entre tantas providências, nunca se tomou a única que podia funcionar: seria limitar o poderio total do mercado. Produzindo não o que come e consome, mas o que o mercado mundial exige, o Brasil, de ontem e de hoje, faz prodígios na produção de açúcar, de café e de soja, mas mata seu povo de fome.

Este descalabro agravou-se terrivelmente nas últimas décadas. A fome, que era crônica, converteu-se em fome canina, de multidões ganindo por um prato de comida. As consequências foram a deterioração das famílias, a violência desenfreada, a prostituição de meninas, a matança de menores abandonados. Neste país que não tem nenhum cabrito abandonado, nenhum bezerro e nem mesmo um frango, porque todos têm donos que deles cuidam, são milhões de crianças ao abandono, disputando comida no lixo, brigando com feirantes para comer uma banana, guerreando com as polícias oficiais e clandestinas que os assassinam em massa.

Atrás de tudo isso está o desemprego generalizado, como a causa primeira da onda de perversão em que vão se afundando a infância e a juventude brasileira das áreas metropolitanas e, com elas, toda a nação. Desemprego que não nos vem por acaso, mas como fruto da política econômica da ditadura militar, que só se ocupou, por duas décadas, de enriquecer os ricos, prometendo dividir depois o bolo dos lucros. É como se alguém pudesse comer amanhã o feijão que não comeu hoje. O que resultou dessa política foi o desemprego generalizado, a fome e sua consequência maior: tornar o povo brasileiro descartável, como massa de mão de obra excedente das necessidades das empresas.

O Brasil, que sempre viveu faminto de mão de obra, tem agora excedentes gigantescos. Nos cinco séculos de luta para nos edificarmos, gastaram-se no Brasil cerca de 5 milhões de índios nativos e mais 10 milhões de negros e outros tantos de brancos importados da África e da Europa. Hoje poderíamos exportar dezenas de milhões de brasileiros, se alguém quisesse importá-los. Nossa situação é semelhante à da Europa na passagem do século, quando exportou 60 milhões de excedentes. Como não há lugar para tantos brasileiros na economia mundial, a única saída é o genocídio. Matá-los de fome para reduzir seu montante e esterilizar as mulheres pobres, para que não produzam mais tanta gente disponível.

A outra solução, desde sempre óbvia, é a reorganização do Brasil em benefício do seu próprio povo, a fim de garantir um emprego a cada pessoa e fartura em cada mesa. Solução esta perfeitamente factível, com base em nossas imensas reservas e potencialidades. Só não é realizável enquanto a velha classe dominante de esfomeadores estiver regendo este nosso triste engenho de gastar gentes.

12 de setembro de 1993

OS VASSALOS DA ECONOMIA

O Brasil tem uma elite? Sim, obviamente tem. Resta saber se é uma elite boa ou ruim. Elite é aquele corpo seleto de pessoas que exercem maior influência na organização e na condução de sua sociedade. Ela é formada por dois corpos principais: o patronato, que tira seu poderio da propriedade e exploração de empresas produtivas e de bancos; e o patriciado, formado pelos que mandam através do desempenho de cargos, como os políticos, os juízes, os generais, os tecnocratas, os administradores, os bispos, os principais jornalistas e tantos outros.

Às vezes se tornam ambíguos, como no caso de empresários bem-sucedidos, que entram na política para exercer mais plenamente sua vontade de poder e de riqueza. Ou o dos patrícios, que exercem seus cargos para enriquecer, a fim de ingressarem no patronato. Mesmo quando distinguíveis, eles são essencialmente solidários, porque a função efetiva do patriarcado é a ordenação legal e jurídica da sociedade, seu governo e a manutenção da ordem, para que o patronato possa exercer livremente sua função de gestor da economia.

Em algumas sociedades, essas elites exercem um vivaz papel renovador, ampliando as bases de participação da cidadania na vida nacional e dos trabalhadores no usufruto da prosperidade econômica. Em outras, seu papel é feiamente negativo, porque consiste, essencialmente, em açambarcar todo o poder e se apropriar de toda a riqueza em que possa pôr as mãos. É o nosso caso, de elites empresariais e burocráticas socialmente irresponsáveis.

Para bem avaliar nossas elites é bom compará-las com outras. A elite americana exemplifica bem o papel altamente positivo que um patronato e um patriciado podem exercer dentro de uma sociedade capitalista. A nossa, ao contrário, tem sido o principal fator causal do desempenho medíocre do Brasil, expresso na incapacidade de criar uma economia de prosperidade generalizada. As elites americanas, por exemplo, abriram todo o seu Oeste, imensíssimo, aos pioneiros que quisessem ir para lá plantar uma roça e fazer uma casa, garantindo-lhes o direito a uma propriedade de 30 hectares. Criaram, assim, uma infraestrutura de milhões de granjeiros que constituíram a base da economia americana e o fundamento de sua prosperidade. Nossa elite consagrou o latifúndio, obrigando cada trabalhador, ao sair de sua fazenda, a cair em outra igual. Disso resultou uma economia estreita, desprovida de mercado interno, fundada na grande propriedade improdutiva, que monopoliza a terra, não planta e não deixa plantar.

A economia produtiva dos Estados Unidos respondia primacialmente às necessidades do próprio consumo. A nossa, ao contrário, se estrutura para servir ao mercado externo. Por este caminho, os Estados Unidos, a partir de uma economia colonial de grande pobreza, prosperaram extraordinariamente como uma sociedade que existe para si mesma. O Brasil, que era rico, ficou paupérrimo, na condição secular de proletariado externo do mercado internacional, em que desgastamos milhões de índios, de negros e de colonos, produzindo o que não consumiam e mandando também para fora o excedente econômico gerado, que foi enriquecer outras nações.

Essa velha história é espantosamente atual. O que nossas elites de hoje recomendam é perseverar no papel de vassalos da economia mundial, a ela entregando, pela privatização, o parco patrimônio que juntamos. Eles creem que nada há de melhor para a construção de uma próspera nação brasileira do que entregá-la aos tecnocratas e a seus amos, que são os gerentes das multinacionais. Juntos, eles promoveriam o progresso. Algum cínico podia achar que é uma piada atribuir qualquer capacidade redistributiva à elite que mais monopoliza a riqueza nacional. Ou o Brasil não é o campeão mundial negativo da distribuição de renda?

Nós, como americanos, tivemos nossos fundadores cuja dignidade, em muitas instâncias, pode servir de exemplo e de orgulho. Tivemos e temos também uma bela nominata de políticos conservadores, mas probos, armados de alto espírito público, com grandeza de estadistas. Ocorre, porém, que lá se consolidou uma postura crítica, eticamente exigente diante dos seus homens públicos, armados dos instrumentos legais e jurídicos para julgar e punir toda prevaricação. Aqui, os antigos padrões morais e cívicos se deterioraram e cresceu o número de politicões corruptos e indiferentes aos interesses nacionais e populares, propensos a desencadear golpes, a implantar ditaduras, a subornar e a deixar-se subornar.

A eles se somou, nos últimos anos, todo um bando de políticos ladrões dos bens públicos que opera em conluio com as grandes empreiteiras para sangrar a economia nacional. Essa modalidade de ladroagem patricial floresceu muito com a ditadura militar discricionária e corrupta, que entregou a condução da economia brasileira a este tipo de tecnocrata, que acha legítimo lucrar no exercício de funções públicas. A situação se agravou com a democratização, pela tendência de muitos empresários, que antes financiavam campanhas políticas de deputados e senadores, a comprarem mandatos para si próprios, levando a um congresso seu furor privatista, revestido de um neoliberalismo que é, de fato, um neoconservadorismo.

Tudo isso resultou no episódio, que será registrado como afortunado na história brasileira, de um tecnocrata ensandecido que desvendou a roubalheira da Comissão Orçamento do Congresso Nacional. O Brasil olha perplexo a Comissão de Inquérito que analisa a gigantesca roubalheira.

Estando às vésperas de uma eleição em que o povo elegerá, simultaneamente, o presidente, governadores, senadores e deputados – depois de 50 anos em que não pôde fazê-lo – abre-se a perspectiva de que as elites brasileiras sejam passadas a limpo, para merecerem alguma vez a confiança do povo.

Já é tempo de fazê-lo. Até tarda, porque, frente a essa elite pervertida que vive à tripa forra, está um povo multitudinário, pobre e sofrido, entrando em desespero. Hoje mais sofrido que ontem, porque lançado no desemprego e suas mazelas:

a violência, a delinquência, o abandono dos menores, a prosti-tuição de crianças, a fome e o depauperamento.

O que mais me dói nessa realidade perversa é que ela não é nem natural, nem necessária. É consequência da condução desastrada da economia e da política por uma elite patronal e patricial, notoriamente corrupta, irresponsável e infecunda.

30 de novembro de 1993

DUAS LEIS REITORAS

O que me faz um intelectual atípico foram vivências raras que tive e que me conformaram. Foram os anos que passei com os índios, aprendendo com eles a ser humana gente. Foi também o convívio simultâneo, nas fronteiras de civilização, com o brasileiro comum que vive lá, com suas caras feias, sua magreza esquelética, sua gesticulação espantosa. Gente que pasmada vê o mundo como uma armadilha em que uns poucos senhores, totalmente imprevisíveis, tudo podem. Até não ser ruins. Rarissimamente. Eu os vi chorando diante de bois que derrubavam as cercas com os chifres para comer suas rocinhas. Eles não podiam fazer nada, as terras em que tinham vivido desde sempre pertenciam agora a quem tinha um papel de cartório, dizendo que era o proprietário.

A propósito, conto a vocês uma conversa que tive com um índio muito inteligente – o cacique Juruna. Ele me perguntou um dia quem é que inventou o "papé". Eu quis explicar como é que se fabrica papel com madeira esmagada. Juruna reclamou que queria saber é do "papé" verdadeiro. Esse que levado na mão de um homem o torna dono de terras que nunca viu e onde um povo viveu por séculos.

Os posseiros que encontrei pelos matos são os equivalentes nativos dos pioneiros norte-americanos que vemos nos filmes de bangue-bangue viajando em suas carretas para os Goiases de lá. O destino de uns e outros foi forjado por duas leis. A nossa, sagacíssima, afirma desde 1850 que a simples posse da terra não dá direito a nada. A norte-americana, promulgada dez anos depois, garantia a quem fosse para o Oeste, fizesse uma casa e uma roça e lá permanecesse por cinco anos o direito de demarcar como sua uma granja familiar de 30 hectares.

As consequências das duas leis são opostas. Aqui, deu lugar à expansão do latifúndio, com o poder de manter a terra improdutiva, mesmo que o povo morra de fome. Monopolizando a terra, sem nenhuma obrigação de usá-la, obriga todo trabalhador rural que sai de uma fazenda a cair em outra fazenda igual. Superexplorado e desestimulado para o trabalho, sem qualquer esperança de ter um dia sua terrinha para plantar mandioca e milho, alimentar seus filhos, suster-se e existir como gente livre e autônoma.

A lei ianque fez criar uma nação de milhões de granjeiros livres. Esforçados, porque trabalhavam para si mesmos. Eles deram as bases para a prosperidade da América do Norte.

O efeito mais grave da institucionalidade fundiária brasileira foi a expulsão precipitada da população do campo, inflando cidades despreparadas para recebê-las, enchendo as favelas e as periferias de núcleos humanos que se contam entre os mais miseráveis do planeta.

Demonstra-se, desse modo, que uma simples lei, aparentemente mutável, mas espantosamente forte e persistente, possibilita que uns poucos mil latifundiários condenem a um destino infernal cerca de 100 milhões de brasileiros pobres e paupérrimos.

2 de outubro de 1995

VIVA O SENADOR CAXIAS!

Afinal o presidente levou a sério a gravidade do Movimento dos Sem Terra. Gravíssimo para eles próprios e também para o Brasil, com possibilidades até de desencadear um novo Canudos. Usou seus poderes numa Medida Provisória proposta ao Congresso, que impõe uma taxação forte e progressiva para quem tem e retém terras incultas, em que não plantam nem deixam plantar. Seus latifúndios ocupam a metade do território brasileiro, só usado como objeto de especulação fundiária. Além disso, FHC fixou que o valor das terras para desapropriação é aquele que o proprietário registra para pagar seus impostos. Sabiamente, isentou do imposto as pequenas propriedades, que vão de 25 hectares a 80 hectares, conforme a região, e também as cooperativas.

Essas duas medidas abrem as cancelas da história brasileira, permitindo que o povo se assente nas terras incultas em milhões de pequenas propriedades familiares. Abre perspectiva de vida e fartura para os milhões de boias-frias e outros trabalhadores que se mantêm no campo, e chama a uma rerruralização os milhões de brasileiros que o latifúndio expulsou e que se acoitam hoje nas favelas e nas periferias das cidades, nas condições mais miseráveis.

Oferece assim, efetivamente, uma solução ao mais grave dos problemas sociais brasileiros, que é o desemprego. Com efeito, todo o sistema econômico tem funcionado, nas últimas décadas, sobretudo nos últimos anos, desempregando milhões de trabalhadores e condenando eles e seus filhos à marginalidade, à delinquência e à prostituição. Viva o senador Caxias, que pôs a boca no mundo, dando voz veemente a esses reclamos. E viva FHC, que o ouviu, afinal.

Mas cuidado, Fernando! Há poderosos grupos que vão fazer tudo para atar suas pernas. Primeiro, o meu querido Congresso, porque seu pendor latifundiário é enorme. Confio, ainda assim, que somos maioria os que querem passar o Brasil a limpo, atentos às necessidades de nosso povo. Depois, o Poder Judiciário, servido por muitos homens bons, mas também por uma caterva de reacionários, capazes de fazer até o impensável para manter o Brasil tal qual é.

Tudo isso, que é muito, é apenas um bom começo, concebido e proposto para sua implantação progressiva, que pode levar anos e anos. O fato legal incontestável é que os proprietários absenteístas estão em flagrante ilegalidade. As terras baldias pertencentes ao poder público foram concedidas, desde sempre, para serem usadas. Só assim cumprem sua função social, dando ao povo brasileiro condições de viver, livre do desemprego e da fome. O que cumpre fazer um dia é devolver essa imensidade de terras mal obtidas e mal utilizadas a um fundo público de colonização, para serem redistribuídas a quem seja capaz de nelas viver e produzir.

Outra carência gritante nesse campo é o de uma justiça agrária, especializada em controlar os conflitos fundiários. A Justiça comum, já assoberbada e só capaz de prover uma justiça cara, tardia e ruim, não pode, evidentemente, assumir a jurisdição sobre as questões de terra.

21 de novembro de 1996

ANTES DE NÓS

QUEM NÃO QUER OS ÍNDIOS NO BRASIL?

São tantos os atos de violência e repúdio que se cometem contra os índios no Brasil que parece haver uma ação concertada para extinguir ou expulsar os índios do país. Quem não quer os índios no Brasil? É o povo brasileiro que não os quer? São os posseiros, os sem-terra, são os governos federal, estadual, municipal, são os mineradores, os madeireiros, os fazendeiros, os especuladores de terra? Quem são os políticos, os representantes eleitos, que se arvoram contra o direito dos índios de ter em seu território, praticarem sua cultura, serem o que são?

O Brasil olha a si mesmo arrevesado porque de fato seus olhos estão embaçados pela espessa névoa da ideologia da classe dominante, que incute informação deturpada, ideias estapafúrdias e sentimentos destituídos de senso ético. Isso vem de longe. Em 1851, o historiador Adolpho de Varnhagen, o principal ideólogo do império brasileiro europeizante, chegou ao cúmulo de dizer que os índios não somente eram um entrave à civilização, que os devia subjugar à força, mas que nem tinham legitimidade sobre suas terras, pois não eram originários do Brasil, mas tinham vindo do Peru!

Tal não deixa de ser a ideia de muitos que hoje cobiçam as terras indígenas. Talvez não se usem tão descaradamente os termos "vadios, preguiçosos e traiçoeiros", mas se chega ao ponto de declarar que são latifundiários, comparando-os aos especuladores de terra.

Porém, as ideias estapafúrdias, desde os tempos de Varnhagen, sempre foram contestadas por argumentações sérias e equilibradas. Naquela época, surgiram figuras como Gonçalves Dias, Perdigão Malheiro, João Francisco Lisboa, José de Alencar e até Joaquim Manuel de Macedo – que protestavam contra a sorte dos índios e as atitudes racistas. Foram eles que deram o tom de reconhecimento do papel histórico dos índios na formação do Brasil e do seu potencial na vida do país, influenciando por gerações a mentalidade do brasileiro sobre os índios que sobreviveram aos massacres da colonização e que continuavam a ser dizimados pela violência, pelo desleixo e pela incúria.

Há, no Brasil, sem dúvida, uma má consciência histórica em relação aos índios. Ela quer o Brasil com cara de europeu, de americano ou japonês, falsamente moderna, pois de fato usa dos mesmos métodos que seus próceres usavam. Que o fim dos índios, ponto. Como isso deve dar se é que varia, às vezes, pela força das armas, às vezes, deixando que as doenças os matem, às vezes, esperando que o tempo tome conta do problema.

Há, porém, o seu oposto, uma boa consciência, que vê os índios como "senhores originários de suas terras", como determinou um famoso alvará de 1680, lavrado sob influência de Antonio Vieira. A boa consciência brasileira reconhece no índio parte essencial de sua história, vê sua cara com cara de mestiço, vê sua cultura como a confluência de várias culturas, e por isso luta para que haja justiça. Recente pesquisa demonstra que mais de 80% dos brasileiros são a favor da demarcação das terras indígenas. Eis, portanto, que a boa consciência nacional é majoritária. Mas muitos acham que é uma luta inglória e em vão, pois que os índios estariam definitivamente condenados a extinguir-se, seja pela morte que os persegue a mando das forças dominantes, seja pela inadaptação ao mundo moderno, que resultaria na sua aculturação à sociedade dominante.

A tragédia que se abateu sobre os Ianomâmis da aldeia Hoximu, que o próprio procurador-geral da República qualifica de genocídio, parece indicar mais um ato de sacrifício que se soma à ideia de morte anunciada. As estatísticas a esse respeito são impiedosas. Somente nos últimos 10 anos, mais de 200 assassinatos de índios de diferentes tribos foram perpetrados, inclusive os autoinfringidos por encurralamento cultural. Em quase 50 anos de vida de antropólogo, anotei, desesperado, algumas dezenas de casos iguais, alguns deles, como o de seringalistas que se juntaram no alto rio Tapajós para matar índios Caiapós, em 1956, os que mataram Cintas-largas no Aripuanã, em 1963, o massacre de Canela no Maranhão, em 1963, a mando de fazendeiros locais, e os tantos massacres de pequenos grupos isolados e aldeias ermas, por invasores programados para limpar a área, a serviço de empresas de especuladores de terra.

Quem são os assassinos, alguém tem dúvidas? Teriam feito isso por simples vingança, gestos passionais, como sugere o ministro da Justiça? Podemos também perguntar: Quem tem certeza de que serão punidos?

Vejo com indignação que diante de tudo isso o Estado brasileiro tem feito muito pouco. O último grande gesto brasileiro em defesa dos índios foi a criação do Serviço de Proteção aos Índios (SPI), em 1910, dirigido até 1957 pelo marechal Cândido Rondon, o maior brasileiro que conheci. O SPI foi criado porque o mundo se inteirara de que estavam matando índios no vale do Paranapanema, no Paraná e em Santa Catarina, para abrir suas terras aos imigrantes europeus. Bugreiros contratados por empresas de colonização caçavam os índios a bala, envenenavam suas aguadas, deixavam roupas contaminadas de bexigas. Os políticos locais davam o seu beneplácito.

Não é o que se está fazendo hoje com os Ianomâmis?

Anos atrás calculei que mais de 60 povos indígenas haviam sido dizimados só neste século. Mais de duas centenas haviam sido extintos no Império e um milhar na colonização. Eram 5 milhões de índios em 1500 e hoje são menos de 300 mil. Parece ser uma queda livre no precipício da morte, confirmando os prognósticos da boa consciência e os desejos da má consciência brasileiras.

Mas eu digo o contrário: os índios que sobreviveram até a década de 1950 estão hoje crescendo em número, mostrando que estão aí para ficar. Há 30 anos eram cerca de 100 mil. Serão quase 500 mil no ano de 2000, de acordo com projeção feita pelo antropólogo Mércio Gomes.

Só por morte matada é que correrão o perigo de desaparecer do Brasil.

Assim, guardo comigo uma esperança que quero compartilhar com a boa consciência brasileira: podemos continuar a lutar pelos índios com certeza de que algum dia toda a sociedade brasileira vai se dar conta de que o Brasil só é Brasil enquanto houver índios, enquanto houver negros, mestiços, mulatos, brancos, japoneses, europeus, imigrantes sul-americanos integrados no sentimento de irmandade e projetando uma nova civilização com mais igualdade entre as gentes, cheia de fartura e plena de tolerância.

Xô, má consciência.

25 de agosto de 1993

JAGUARIBE PROPÕE O EXTERMÍNIO DOS ÍNDIOS

O pai de Hélio está querendo sair da sepultura para dar uma surra no filho. O velho general Jaguaribe, companheiro de Rondon, tinha uma profunda compreensão do lugar dos índios na formação histórica do Brasil e da responsabilidade do Estado na proteção leiga dessas populações.

O objetivo básico dessa proteção era assegurar aos índios que restavam a posse das terras em que viviam e que estavam sendo apropriadas através de expulsões e de chacinas.

Outro objetivo era garantir o direito de os índios serem índios, de viverem de acordo com seus costumes, só experimentando as mudanças culturais inevitáveis que melhorassem sua convivência com a civilização.

Dar fim às chacinas de grupos de colonos, de fazendeiros particulares e do próprio Estado foi a primeira ação concreta que o Brasil tomou em favor dos índios, no início deste século.

Graças a este compromisso positivista que Rondon e seus companheiros conseguiram firmar como obrigações do Estado é que foram salvas centenas de povos indígenas que, de outro modo, teriam sido exterminados e extintos.

Rondon tornou realidade política e ideológica o sentimento romântico do indianismo, que nascera com a própria nação ao se libertar de Portugal.

Apesar da proteção estatal, os índios continuaram reduzindo de número por muitos anos mais, dado o efeito letal das pestes trazidas pelos brancos e as dificuldades de impor a lei nas fronteiras da civilização.

Alcançaram sua população mais baixa na década de 1950, mas aos poucos começaram a crescer e, hoje, são mais numerosos do que eram há 30 anos.

Para desespero de Jaguaribe, vão continuar aumentando suas populações, e, embora jamais voltem a somar os 6 milhões que foram, serão muitos mais que os 300 mil que restam.

É claro que eles serão cada vez mais parecidos uns com os outros e com os demais brasileiros, mas permanecerão sendo índios por força de sua identificação étnica e pela autovalorização de suas culturas.

A inspiração exterminadora que Hélio endossa vem da ideia do general Ernesto Geisel que, anos atrás, propôs a emancipação dos índios. Geisel achava um absurdo que, sendo ele filho de alemães recém-chegados, que só falava alemão até os 12 anos, chegara a ser tão bom brasileiro que alcançara a presidência da República, enquanto os índios teimavam em continuar sendo índios, mesmo depois de quase 500 anos de convivência com a civilização.

É mera tolice o argumento de que os índios sobrevivendo em seus territórios poderiam, amanhã, aspirar autonomia como centenas de micronações independentes. As terras que nós lhes reconhecemos são deles por outorga oriunda de nossa Constituição, mutável em qualquer tempo pela vontade da cidadania brasileira.

Jaguaribe propõe, agora, que as Forças Armadas joguem fora o grande herói inconteste que elas têm, que é o marechal Rondon, principal humanista brasileiro, além de exemplar em sua ação profissional.

Só um idiota pode imaginar que seja inocente a opção pela tese do extermínio dos índios. Os exterminadores, de quem Jaguaribe se faz a voz no cenário brasileiro, servem é aos garimpeiros, que querem continuar matando os índios e poluindo os rios e as matas; são os fazendeiros que continuam se apropriando de suas terras.

É tão pouco o que os povos indígenas esperam de nós que constitui verdadeiro despotismo defender seu extermínio. Colocar a serviço dessa tese desumana o discurso da ciência na voz de um politicólogo é um dos maiores absurdos de que tive notícia.

1º de setembro de 1994

GENOCÍDIO

Estão matando os índios Guaranis do sul do Mato Grosso. Não há lugar na terra para os antigos donos daquelas terras todas. Só lhes resta amarrarem-se nos paus para não serem expulsos.

Os jovens índios, quando abrem os olhos para o mundo em que lhes cumpre viver, se matam às dezenas. Suicidam-se. Mas na verdade são mortos pelo desprezo vil dos invasores de suas terras. Para onde quer que se voltem só veem as caras cristãs de nojo e repulsa.

Os velhos pajés continuam rezando e tocando seus maracás para reger as cerimônias de seu povo. Acreditam que, se dançarem e rezarem bem, ficarão tão leves que poderão ir para a Terra sem Males. Fazem isso há dois séculos.

Um sábio Guarani, olhando o cair do sol, que para eles é Maíra, seu Deus, pergunta: Por quê? Será intenção do criador nos sacrificar? Parece que sim.

Os Guaranis acham que a própria Terra está exausta e pede um fim: "Estou cansada de comer cadáveres". Os donos de fazenda que cercam as comunidades indígenas são os matadores.

Vazios de qualquer cultura, só querem plantar mais soja, custe o que custar, morra quem morrer. Querem, sobretudo, ganhar mais dinheiro liquidando mais índios. Agora é a vez dos Guaranis. É a hora de arrancá-los das ilhazinhas de terra que têm no meio dos sojais. Anos atrás me contavam suas façanhas homicidas de liquidação dos Oti e dos Ofaiés, alegando que o faziam para se defenderem do perigo de ter índios por perto.

A verdade é que os Oti e os Ofaiés, tão espantosamente pacíficos como os Guaranis, jamais levantaram a mão contra ninguém. Agora não precisam de justificação, matam com o duro ferro, o fuzil ou com o preconceito e a discriminação que levam ao desengano e à perda da vontade de viver.

Os Guaranis são, sabe quem pensa, um dos povos de maior espiritualidade que jamais existiu. Guardam uma velha mitologia de estranha beleza que, frente à presença dos brancos, se converteu de heroica em catastrófica.

O Deus Solar Criador e seu Tigre Azul, maior que o céu, que presidiram o nascimento dos Guaranis, se convertem em cães ferozes na forma de cristãos que enxameiam por todo lado, hostilizando e matando.

Foram esses Guaranis e seus primos Tupis que nos deram os nomes com que designamos a natureza e nos ensinaram os usos de todas as coisas. Aprendemos deles a forma de sobrevivência nos trópicos. Foram suas mulheres também que geraram os primeiros brasileiros, ainda inscientes de si, mas prontos para edificar nosso povo.

O intelectual índio mais eloquente que conheci, Marçal, foi quem saudou o papa em Manaus em nome de mais de 200 líderes indígenas mortos pelos brancos. Pois Marçal foi assassinado a tiros, por um fazendeiro que cobiçava suas terrinhas. Marçal morto foi sepultado, em dor, por todos os Guaranis.

O assassino, saudado como herói pelos fazendeirões, foi levado a júri e absolvido. Pode? Podem nossos corações continuar indiferentes frente a tanta injustiça, a tanta dor que dura já 500 anos e que prossegue doendo?

É inverossímil, quase incrível, mas a verdade é que o sinistro ministro da Justiça fez o presidente assinar um decreto que está sendo posto em execução para estender a dor dos Guaranis a outros povos indígenas. Pode ser?

Meu coração não suporta tanta barbaridade, estou entrando com uma ação junto à Procuradoria Geral da República para pedir remédio. Peço que ela atue junto ao Supremo para anular o decreto assassino.

24 de junho de 1996

ÍNDIOS

A Procuradoria Geral da República, desde que foi instituída, assumiu a defesa dos povos indígenas e inclusive de suas terras. É natural que o faça, ela é a advogada da União.

Como tal, tem responsabilidades específicas para com os índios como tutelados da nação. Tem que fazê-lo, também, porque as terras indígenas são, em essência, terras pertencentes à nação brasileira.

Uma terceira razão é que, quando a posse de uma terra com suas matas é entregue a um povo indígena que nela vive, preservando-a, há mil anos, se tem a segurança de que continuará resguardando-a no próximo milênio.

Essa é a única garantia que temos de que os netos dos netos de nossos netos terão a oportunidade de ver a natureza brasileira original em toda a sua pujança. Entregues a fazendeiros, aquelas terras e suas matas seriam, mais cedo ou mais tarde, convertidas em pastagens, expostas ao sol e à chuva e sujeitas à erosão.

Estas são as razões por que eu me dirigi à Procuradoria Geral da República pedindo dois remédios urgentes para uma questão aflitiva. Pedi, primeiro, que o procurador represente, em ação direta de inconstitucionalidade, ao Supremo Tribunal Federal contra o decreto 1.775/96, pedindo sua sustação.

Esse decreto sinistro põe em debate as terras indígenas a eles reconhecidas e demarcadas depois de 500 anos de luta. Costumo dizer que é como se o Itamaraty abrisse as fronteiras do Brasil ao livre questionamento. Em consequência do decreto, choveram ações contestatórias, mais de 800, sobre mais de 50 territórios indígenas que foram contestados por seus vizinhos ou por quaisquer interessados em expropriá-las.

Ainda que uma só dessas contestações tenha êxito, será extremamente grave, porque difundirá o temor sobre todos os povos indígenas que ficarão inquietos, perguntando se não surgirá, amanhã, um outro ministro sinistro promulgando decretos sinistros.

O segundo pedido que faço ao Ministério Público Federal é que ele mova uma ação de improbidade administrativa contra o sr. Nelson Jobim, ministro da Justiça, por deslealdade à União Federal, patrocínio infiel e negligência funcional.

Tenho boas razões para fazê-lo, o ministro indiciado quando deputado federal se permitiu assumir, como advogado, a defesa do Estado do Pará contra o reconhecimento do território dos índios Kayapó no sul daquele estado. Sua tese e sua causa foram levadas de instância em instância, perdendo sempre, e acabaram enterradas pelo Supremo Tribunal Federal, que as rejeitou com unanimidade. Volta, agora, o sr. Jobim, como ministro da Justiça, à mesma causa, induzindo o presidente da República a firmar o decreto 1.775/96 e o colocando em execução.

O ministro Jobim opõe-se à mais vetusta e à mais nobre tradição brasileira que é o reconhecimento dos direitos dos índios às terras que ocupam e que são necessárias a sua sobrevivência dentro do seu sistema de adaptação ecológica. Ela vem das Falas do Trono, do século XVII, que mandavam respeitar, na concessão de sesmarias, as áreas ocupadas por povos indígenas "como os originais e naturais senhores delas".

8 de julho de 1996

OS ÍNDIOS E NÓS

Uma das maiores alegrias que tive ultimamente foi ver pela TV meus irmãos Xavantes, pintados de urucum e jenipapo, invadirem a Funai. Deixaram claro para o governo que entram em guerra se fecharem ou desmantelarem a Funai. Ela não presta, não. Mas, com ela, os índios sabem tratar. Sem ela, será pior, porque ninguém está pensando em criar uma burocracia mais favorecedora dos índios.

A última vez que vi os Xavantes em pé de guerra foi porque eles descobriram que um ex-funcionário da Funai tinha mudado o nome de um rio para permitir que fazendeiros se apropriassem de 300 mil hectares de suas terras.

O Conselho de Segurança Nacional se reuniu para decidir se aceitava a guerra e liquidava com os índios ou se corrigia o nome do rio. Corrigiram, felizmente. Os Xavantes iam mesmo sair em guerra, numa matança de todos os que estavam se instalando em seu território.

Coisa semelhante ocorrerá qualquer dia na área xavante grilada por uma empresa italiana. A opinião pública daquele país obrigou a empresa a devolver a terra aos índios, mas aí entrou a chicana municipal e estadual, promovendo a invasão daquelas terras, porque acham que os índios não as merecem.

Temos uma antropóloga no governo, d. Ruth, mas ela não manda no marido. Quem manda no Fernando são tecnocratas que não têm mente de brasileiros, nem têm qualquer sentimento de responsabilidade social. Vale dizer que qualquer alteração oriunda desses tecnocratas será para pior.

Os índios, no começo, eram 6 milhões. Hoje, pouco passam de 300 mil. Nós comemos os outros. Os antropófagos, hoje, somos nós.

Esses remanescentes tiveram o valor de atravessar 500 anos, vencendo as guerras de extermínio, a contaminação das pestes europeias, a escravização. Inclusive o roubo de seus filhos e de suas mulheres, pois foi com elas, principalmente, que se construiu o povo brasileiro. Enfrentaram, também, duas outras desgraças que foram a ação etnocida de missionários e o paternalismo dos burocratas.

Eles aí estão, a nos dizer, desde sempre: só queremos um pedaço da muita terra que tínhamos, porque a necessitamos para sobreviver. Queremos, também, o direito de continuarmos sendo nós mesmos, sem qualquer opressão europeizadora, cristianizadora ou civilizatória.

Nossos índios não só sobrevivem, mas estão aumentando discretamente sua população graças a dois fatores: o apoio das populações urbanas brasileiras, inclusive da imprensa, que exige respeito para esses nossos ancestrais viventes e, sobretudo, o apoio cada vez mais clamoroso da opinião pública internacional.

O homem branco, afinal conscientizado de que sua expansão importou no extermínio de milhares de povos, pela destruição de seus sistemas de adaptação ecológica, deseja hoje contribuir para salvaguardar o que é possível salvar, ainda, de uma humanidade diversificada.

28 de outubro de 1996

EDUCAÇÃO EM PAUTA

A NOVA LEI DA EDUCAÇÃO

O sistema educacional que temos, mero resíduo do seu próprio funcionamento, não corresponde a nenhum corpo de ideais educativos. Em lugar de congelá-lo, como ocorreria se fosse aprovado o Projeto de Lei de Diretrizes e Bases da Educação, em discussão na Câmara dos Deputados, estamos desafiados a criar um sistema novo. Assentado na nossa história, tirando dela o pouco que se fez de meritório. Mas voltado essencialmente para o futuro, com o objetivo de superar nossas deficiências para capacitar o Brasil a interagir com outros povos na construção da civilização presente e futura.

Este é o projeto que está em curso no Senado Federal, cujas bases sumariamos a seguir. Na esfera da educação infantil, em lugar de expressar meros desejos de ampliação fictícia do atendimento, a níveis que nenhuma nação alcançou, se propõem diversas linhas de ação pré-escolar, que possibilitem atender, em prazo previsível, a todas as crianças em suas carências fundamentais de saúde e de nutrição.

No campo do ensino de primeiro grau propomos uma escola de cinco séries, com o ano letivo de 200 dias e um mínimo de 800 horas. Uma escola de caráter terminal, no sentido de constituir aquela preparação básica de toda a população para a cidadania responsável, para o trabalho e para o pleno desenvolvimento da personalidade.

O que propomos, na verdade, não é mais que a escola de educação comum para todos os cidadãos, que a revolução francesa pregou e a revolução norte-americana concretizou e que constitui, nas sábias palavras de Anísio Teixeira, "a maior das invenções humanas". A escola universal, que várias Constituições brasileiras reclamaram, reiteradamente, mas que nunca conseguimos concretizar.

A nova lei abrirá, também, aos sistemas estaduais de educação a perspectiva de adotar a progressão contínua, impropriamente chamada de promoção automática. O que se faculta é deixar que o aluno passe da 1ª para a 2ª e até para a 3ª série, ainda se alfabetizando, para que ele possa aproveitar todo o ensino oral e visual daquelas séries. Essa progressão significa, em essência, que ele não fica repetindo o mesmo tipo de aprendizado sempre na mesma 1ª série, enquanto vê outras crianças se adiantarem.

A progressão contínua não é também a proscrição dos exames. Continua-se a aplicar provas aos alunos, mas estas não são feitas para reprová-los ou puni-los, em ritos de rejeição, e sim para avaliar a qualidade do trabalho geral da escola e a eficiência de cada professor, em particular. Tal é a avaliação externa, indispensável ao aprimoramento de qualquer sistema de ensino.

Prevê-se também a generalização progressiva da escola de tempo integral para alunos e para professores das áreas metropolitanas. Seja na forma da dupla escola-parque x escola-classe; seja na forma de centros integrados; mesmo porque só eles solucionam realmente o problema crucial da criança abandonada. Que é ela, senão uma criança desescolarizada? Na periferia e nas favelas de nossas metrópoles somam milhões os meninos ou meninas condenados à vadiagem, ou à delinquência, porque não têm para onde ir, antes ou depois dos estreitos horários de aulas, enquanto frequentam a escola e, sobretudo, depois que são por ela rejeitada.

A escola de nível médio se reestrutura em ginásios de cinco anos, igualmente terminais, no sentido de dar formação de cultura geral e profissional, de preparação para a vida social e para o trabalho. Embora funcione, ocasionalmente, como ensino prévio aos cursos preparatórios de um ou dois anos, para ingresso no nível superior, a educação nos novos ginásios tem como objetivo a capacitação de nível médio para a compreensão do mundo, para o aprendizado contínuo e para o aprimoramento do educando.

O ensino técnico também se renova. Sobretudo pela possibilidade de que as escolas especializadas nesse campo se liberem das funções do ensino acadêmico, para que possam abrir-se a todo o alunado da vizinhança. Amplia-se, assim, a oferta de formação técnica e supera-se a subutilização de recursos de ensino concentrados naqueles estabelecimentos.

A formação do magistério para os cursos primários e para os cursos médios se eleva por igual, progressivamente, ao nível superior e se lhe dá o caráter de treinamento em serviço, para que a educação seja uma prática teoricamente assentada, em lugar de permanecer como mero discurso pedagógico.

No ensino superior se assegura concretamente a autonomia docente das universidades, libertando-a da ditadura burocrática do Ministério da Educação. Assegura-se, ainda, a indispensável precedência aos professores na eleição dos reitores e decanos. Possibilita-se a criação de universidades especializadas por áreas (saúde, ciências agrárias, engenharias etc.). Fixam-se bases para o cumprimento da obrigação constitucional de concurso para o exercício do magistério. Estatuem-se as medidas inadiáveis para dar maior eficácia ao trabalho docente e para elevar o padrão de qualidade das faculdades e escolas.

A inovação principal, porém, é a criação de cursos de sequência, que abrirão à universidade a possibilidade de formar as centenas de profissionais que o mundo moderno requer, livrando-se do sistema tubular dos cursos curriculares.

Essa é a lei que propomos ao Senado da República. Ela retoma, sintetiza e compendia o imenso esforço da Câmara dos Deputados – realizado com larga audiência a todos os setores de opinião, mas a reestrutura para instituir uma ordem educacional capaz de aprimorar-se e de crescer para integrar os brasileiros na civilização letrada.

4 de junho de 1992

EDUCAÇÃO PUNITIVA

Duas deformidades contribuem eficazmente para o fracasso do Brasil na tarefa elementar de escolarizar e alfabetizar todas as nossas crianças. Primeiro, a mania brasileira de submeter crianças que acabam de ingressar nas escolas a exames punitivos de reprovação.

Em consequência, mais de metade das matrículas se concentra na 1ª série do curso primário, dobrando o custo de sua educação, o número de salas de aula e de professores para atender a essa imensa multidão de reprovados.

Só enfrentam bem esses exames as crianças oriundas de famílias integradas na cultura das letras e que possam ajudá-las, fazendo da casa uma segunda escola.

Essa não é a condição da imensa maioria da população brasileira, que não teve escolaridade prévia nem tem uma casa transformável em escola.

Para esse alunado majoritário, oriundo das classes pobres, o primeiro ano é o tempo de domesticar a própria mão, aprendendo a fazer círculos, quadrados e letras. É, sobretudo, o tempo de familiarizar-se com a língua que a professora fala, totalmente diferente daquela com que está habituado.

Superando essa barreira, através de adoção de um sistema de promoção continuada igual ao que ocorre no mundo inteiro, o aluno teria muitos testes habituais de verificação de sua aprendizagem, mas só enfrentaria um exame no fim da 3ª série. Este com o objetivo específico de identificar os alunos com maior carência no domínio da leitura e da escrita, a fim de assegurar-lhes atenção adicional para superar essas deficiências.

Frequentariam livremente a 2ª e a 3ª séries, aprendendo tudo que podem absorver, ouvindo a professora e contando com mais largo tempo para integrar-se no mundo das letras.

A segunda deformidade de nosso sistema educacional é a escola de turnos que constitui, também, peculiaridade brasileira.

No mundo inteiro só existem escolas de tempo integral, que vão de manhã até a tarde. Nelas o aluno conta não só com um vasto material didático disponível a todos, mas com professores que lhe dão aulas de estudo dirigido que permitem homogeneizar as turmas.

No Brasil, com o crescimento explosivo das cidades, em lugar de multiplicar as escolas, multiplicaram-se os turnos – dois, três e até quatro –, para atender o novo alunado recém--urbanizado.

Com isso, elitizou-se a escola fundamental comum, que passou a adaptar-se tão somente a alunos procedentes da classe média e a discriminar os que vêm das camadas populares.

O problema se agravou em razão de uma pedagogia falsa que, culpando a criança pobre por seu fracasso escolar, não força o sistema educacional a lhe dar a atenção especial que requer.

Sobretudo as crianças da periferia e das favelas metropolitanas, que só numa escola de tempo integral têm possibilidades de se alfabetizarem, de aprenderem a aprender para progredir na vida em lugar de caírem numa marginalidade e delinquência compulsórias.

As grandes tarefas dos sistemas estaduais de educação são acabar com os exames reprovativos e punitivos na 1ª série e ampliar o atendimento ao alunado pobre metropolitano.

Seja através de escolas de tempo integral. Seja através de escolas-parques, que os recebem antes e depois das aulas para a alimentação, o desenvolvimento físico e, sobretudo, o estudo dirigido.

18 de dezembro de 1995

CIEPS – UMA EXPERIÊNCIA EXITOSA

O número 15 da revista *Carta* que publico no Senado divulga o resultado de duas avaliações externas realizadas nos Centros Integrados de Educação Pública – Cieps. Ambas demonstraram que ali não há evasão escolar e que o rendimento educacional das crianças é, pelo menos, o dobro do que se alcança com as escolas convencionais.

Os 400 Cieps administrados pelo governo do Estado atenderam a cerca de 350 mil alunos, a cargo de 20 mil professoras especialmente preparadas em cursos de treinamento em serviço e em programas de educação a distância.

Sua operação, que se fez sob minha direção educacional e sob a condução executiva de Tatiana Memória, e a colaboração de ampla e competente equipe de educadores que quebrou vários preconceitos e esclareceu várias questões tergiversadas frequentemente por essa pedagogia alienada e vadia que se cultiva entre nós.

Comprovou, primeiro, que a culpa do fracasso da criança pobre em nossas escolas não é da criança, mas da escola, que de fato só é adequada para alunos que venham de famílias que tiveram escolaridade.

Comprovou, também, para nossa alegria, que não é verdadeira a alegação de que a criança que não comeu bem nos primeiros anos de vida torna-se irrecuperável para a educação. Não é verdade. Mesmo entrando nos Cieps com três a quatro centímetros a menos de estatura e com a aparência tão raquítica que parecem ter cinco anos quando já completaram sete, todas elas em seis meses começam a recuperar peso e altura e a ganhar vivacidade e alegria para a aprendizagem.

Comprovou, ainda, que o sistema de reprovação punitiva, que só se aplica em nosso país, é mais uma discriminação classista do que uma pedagogia. Nos Cieps a progressão contínua permite aos alunos vindos das famílias mais atrasadas alcançar um rendimento progressivo e, a partir da 3ª série, equiparar-se aos alunos mais afortunados, aprovando um mínimo de 74% deles ao fim do curso fundamental.

Comprovou que o menor abandonado de que temos tantos milhões no Brasil é, de fato, uma criança desescolarizada, porque só uma escola de tempo integral pode retê-la durante todo o dia, retirando-a da escola do crime e do lixo.

Comprovou, fatualmente, que a criança brasileira das áreas metropolitanas, oriunda de famílias que não tiveram escolaridade prévia, pode ser educada e integrada na civilização letrada, desde que isso se faça numa escola de tempo integral.

Os Cieps vão renascer, porque correspondem a uma necessidade imperativa e insubstituível da massa maior da infância brasileira. Com a capacidade de vê-la tal qual é e de ajudá-la a superar, pela educação, suas deficiências, salvando-a, assim, para si própria e para o Brasil.

8 de janeiro de 1996

MESTRADO E DOUTORADO

Nas próximas semanas, a Câmara dos Deputados vai discutir a Lei Geral da Educação Nacional. Terá como base dos debates o projeto aprovado pelo Senado. É um bom projeto. Posso afirmar porque lido com esse tema desde a década de 1950, quando, ao lado de Anísio Teixeira, lutava por uma escola pública gratuita e eficiente.

Como ministro da Educação, em 1961, preparei os vetos presidenciais para melhorar a LDB (Lei de Diretrizes e Bases da Educação), instalei o Conselho Federal de Educação e instituí o Plano Nacional de Educação.

Voltando do exílio, acompanhei a discussão da LDB na Câmara e cheguei a apresentar 48 emendas na tentativa de viabilizá-la. Lamentavelmente, o projeto saiu da Câmara com 298 dispositivos, fazendo dele um tratado de "desejabilidades" e de consagração do péssimo sistema educacional que temos. Não mudava nada.

No Senado, dediquei o melhor dos meus esforços à luta para conseguir uma Lei Geral da Educação que fosse democrática e modernizadora. Graças ao apoio de quase todos os senadores, conseguimos compor um projeto enxuto de diretrizes, condensado em 91 artigos, que, se aprovado, renovará os três níveis da educação.

Pesam, entretanto, sobre nosso projeto dois dispositivos desastrosos. Refiro-me ao inciso II do artigo 51, de autoria do senador Antônio Carlos Magalhães, que inclui a especialização entre os graus acadêmicos universais, que são o mestrado e o doutorado.

O inciso é arrasador para o melhor da educação brasileira, que é a pós-graduação. Se aprovado, qualquer curso de especialização valerá tanto quanto o mestrado ou o doutorado, que não valerão nada.

Também não é inocente. Seu propósito é liberar o professorado das escolas privadas de qualquer esforço de aprimoramento.

Como eles lecionam para 1 milhão de alunos, duas terças partes do estudantado de nível superior seriam prejudicados.

Outro dispositivo desastroso é o parágrafo 2º do artigo 89, de autoria do senador Gilvan Borges. Seu efeito seria tornar inútil o mestrado e o doutorado porque o fracasso de qualquer pessoa em alcançá-los seria culpa da Capes (Coordenação de Aperfeiçoamento de Pessoal de Nível Superior).

Se aprovado, acabaria com o sistema brasileiro de pós-graduação, que vem melhorando substancialmente a qualificação do professorado de nível superior e a formação de pesquisadores e tecnólogos de alta competência.

Este artigo meu quer ser um alerta e um chamamento para todos os graduados pelo mestrado e pelo doutorado. Peço a vocês que se aproximem de quantos deputados puderem ou se dirijam pessoal ou coletivamente ao presidente da Câmara dos Deputados, no apelo mais veemente que possam fazer para salvar a pós-graduação.

Se fracassarmos nesse esforço, veremos morrer, por força da lei, o sistema nacional de aperfeiçoamento do magistério. E também estancar-se, por desestímulo, o processo de formação de pesquisadores e tecnólogos.

15 de julho de 1996

A NOVA LEI GERAL DA EDUCAÇÃO

A principal tarefa que me impus como senador da República foi a de conseguir do Congresso Nacional uma boa lei de Diretrizes e Bases da Educação Nacional. Felizmente, esse alto objetivo meu e da maioria dos parlamentares foi alcançado. A nova lei, aprovada e sancionada depois de oito anos de debates e esperas, é uma boa lei. Sucinta, funcional, libertária e modernizadora. Isso para os três níveis de ensino. Sua característica básica como uma Lei de Diretrizes válida para todo o país é sua flexibilidade. Ela não impõe nada rigidamente, tão só define diretrizes e metas a serem alcançadas pelos vários estados, de acordo com suas ambições e possibilidades. É uma lei descentralizadora, que fortalece a autoridade e a autonomia dos sistemas estaduais de educação e atribui às escolas de todos os graus um amplo espaço de variação e autonomia na execução de sua proposta pedagógica.

No ensino fundamental, são assinaláveis grandes avanços. O primeiro é possibilitar o desdobramento das oito séries obrigatórias em ciclos. Por exemplo, separando os cursos de 1ª a 4ª séries, destinados a crianças e regidos por professoras de turma, dos cursos de 5ª a 8ª séries, destinados a jovens adolescentes e regidos por professores de matéria.

Outro avanço é estabelecer como meta a alcançar, sobretudo nas áreas metropolitanas, os cursos de dia completo para professores e alunos. Cursos que darão a cada aluno pelo menos uma hora de estudo dirigido, numa sala dotada de todo o material didático necessário ao seu pleno desenvolvimento. Só em escolas assim pode progredir o aluno oriundo de família sem escolaridade prévia, e que não tenha casa onde estudar. Abre-se assim uma perspectiva concreta para que todas as crianças brasileiras venham a integrar-se na civilização letrada.

A Lei renova também a formação do magistério primário, propugnando a elevação para o nível superior dos cursos normais. Enseja, assim, às universidades, integrar essa tarefa fundamental da educação e da cultura, que é a capacitação de todas as crianças, incluindo a formação do professor primário entre seus programas de formação profissional de médicos, engenheiros, advogados etc. A lei também valoriza o magistério ao estabelecer critérios de ingresso e progressão, montando as bases para a estruturação da carreira.

Inovações de importância capital também são a instituição de sistemas nacionais de avaliação da qualidade do ensino de todos os níveis, bem como o condicionamento do registro de instituições de ensino superior à verificação de seu desempenho.

23 de dezembro de 1996

INFORMAÇÕES SOBRE AS CRÔNICAS

As crônicas selecionadas para este volume foram produzidas na década de 1990, período em que Darcy Ribeiro colaborou para dois importantes diários do país: a *Folha de S.Paulo* e o *Jornal do Brasil*. Os textos "Ufanismo", "Darcy virtual", "Projeto Caboclo", "Rio", "Duas leis reitoras", "Viva o senador Caxias!", "Educação punitiva" e "Cieps – uma experiência exitosa", além de terem saído na *Folha*, integrariam a coletânea *Crônicas brasileiras*, de Darcy Ribeiro, organizada e apresentada por Eric Nepomuceno e publicada pela editora Desiderata em 2009. São também do jornal paulista os textos "Sampa", "A nova Roma", "Jaguaribe propõe o extermínio dos índios", "Genocídio", "Índios", "Os índios e nós" e "Mestrado e doutorado", os quais permaneciam inéditos em livro até então.

Os textos "Fala de outro caipira", "Brasil, engenho de gastar gentes", "Os vassalos da economia", "Quem não quer os índios no Brasil?", "A nova lei da Educação" e "A nova lei geral da Educação" foram veiculados no *Jornal do Brasil* e são também pela primeira vez publicados em livro.

BIBLIOGRAFIA DO AUTOR[1]

ENSAIOS

Arte plumária dos índios Kaapor (coautoria com Berta G. Ribeiro). Rio de Janeiro: Civilização Brasileira, 1957.

O processo civilizatório: etapas da evolução sociocultural. Rio de Janeiro: Civilização Brasileira, 1968.

Os índios e a civilização: a integração das populações indígenas no Brasil moderno. Rio de Janeiro: Civilização Brasileira, 1970. (Série Estudos de Antropologia da Civilização.)*

Os brasileiros: 1. teoria do Brasil. Rio de Janeiro: Paz e Terra, 1972.

Uirá sai à procura de Deus: ensaios de etnologia e indigenismo. Rio de Janeiro: Paz e Terra, 1974.*

Configurações histórico-culturais dos povos americanos. Rio de Janeiro: Civilização Brasileira, 1975.*

O dilema da América Latina: estruturas de poder e forças insurgentes. Petrópolis: Vozes, 1978. (Série Estudos de Antropologia da Civilização.)

UnB: Invenção e descaminho. Rio de Janeiro: Avenir, 1978.

Kadiwéu: ensaios etnológicos sobre o saber, o azar e a beleza. Petrópolis: Vozes, 1980.*

Nossa escola é uma calamidade. Rio de Janeiro: Salamandra, 1984.

---

[1] A presente listagem de títulos de Darcy Ribeiro não pretendeu ser exaustiva, visto que, além dos livros, o autor possui um número considerável de artigos acadêmicos, cujo interesse supra o dos jovens leitores, público-alvo desta coletânea. Diante disso, o propósito aqui foi o de conceber uma relação das primeiras edições dos principais títulos do autor.

* Livros atualmente publicados pela Global Editora.

Aos trancos e barrancos. Rio de Janeiro: Guanabara, 1985.

América Latina: a Pátria Grande. Rio de Janeiro: Guanabara, 1986.*

Ensaios insólitos. Rio de Janeiro: Guanabara, 1986.*

O Brasil como problema. São Paulo: Siciliano, 1990.*

A fundação do Brasil: 1500-1700 (em colaboração com Carlos de Araújo Moreira Neto). Petrópolis: Vozes, 1992.

O povo brasileiro: a formação e o sentido do Brasil. São Paulo: Companhia das Letras, 1995.*

Diários índios: os Urubu-Kaapor. São Paulo: Companhia das Letras, 1996.*

Gentidades. Porto Alegre: L&PM, 1997.*

Mestiço é que é bom. Rio de Janeiro: Revan, 1997.

JORNALISMO

Crônicas brasileiras (organização e apresentação de Eric Nepomuceno). Rio de Janeiro: Desiderata, 2009.

MEMÓRIAS/TEXTOS AUTOBIOGRÁFICOS

Testemunho. São Paulo: Editora Siciliano,1990.
Confissões. São Paulo: Companhia das Letras, 1997.

ROMANCE

Maíra. Rio de Janeiro: Civilização Brasileira, 1976.*
O mulo. Rio de Janeiro: Nova Fronteira, 1981.*
Utopia selvagem. Rio de Janeiro: Nova Fronteira, 1982.*
Migo. Rio de Janeiro: Guanabara, 1988.*

SOBRE O AUTOR

Nascido em 26 de outubro de 1922 em Montes Claros, Minas Gerais, Darcy Ribeiro completou seus estudos superiores em São Paulo, na Escola de Sociologia e Política, na qual se especializaria em Etnologia, em 1946.

No ano seguinte, ingressou no Serviço de Proteção ao Índio (SPI), o qual o possibilitaria realizar estudos de campo junto a povos indígenas no Brasil, entre os anos de 1947 e 1956. Na década de 1950, organizou no Rio de Janeiro o Museu do Índio e foi responsável – juntamente com os irmãos Villas-Boas – pela concepção do plano que daria origem ao Parque Indígena do Xingu, no Brasil Central. Em 1955, tornou-se professor da Universidade do Brasil, assumindo a cadeira de Etnografia Brasileira e Língua.

Assume em 1957 o cargo de diretor da Estudos Sociais do Centro Brasileiro de Pesquisas Educacionais, instituição pertencente ao Ministério da Educação e Cultura. Seu trabalho de sucesso no campo da Educação o leva a ser incumbido pelo governo de Juscelino Kubitschek a liderar a criação da Universidade de Brasília (UnB), da qual se tornaria em 1962 seu primeiro reitor.

Em 1963, é nomeado chefe da Casa Civil pelo governo João Goulart, cargo que ocuparia até 31 de março de 1964, quando se exilou no Uruguai em virtude do golpe militar. A partir de então, seria convocado a participar ativamente da reestruturação do sistema universitário de países como Uruguai, Venezuela, Peru e México. Retornou ao Brasil em 1974 e foi anistiado em 1980, voltando a lecionar na Universidade Federal do Rio de Janeiro.

Foi eleito vice-governador do Rio de Janeiro em 1982, período em que coordenou a criação do Sambódromo e a construção de 500 Centros Integrados de Educação Pública (Cieps), destinados a garantir educação em período integral para 300 mil crianças. Em 1990, elegeu-se senador pelo Estado do Rio de

Janeiro. Acabaria licenciando-se do mandato para assumir, no Rio, a Secretaria de Projetos Especiais de Educação do governo de Leonel Brizola, a fim de assegurar a retomada da implantação dos Cieps.

Em 1992, foi eleito membro da Academia Brasileira de Letras. Publicou em 1995 o livro *O povo brasileiro*: a formação e o sentido do Brasil, ensaio que entraria para o panteão das grandes interpretações já realizadas acerca da gênese da nossa sociedade. Em 1996, de volta ao Senado, dedicaria-se com afinco à aprovação da Lei de Diretrizes e Bases da Educação Nacional. Seu falecimento ocorre em 17 de fevereiro de 1997 em Brasília, data em que defenderia no Senado seu Projeto Caboclo.

CONHEÇA OUTRAS OBRAS DA COLEÇÃO CRÔNICAS PARA JOVENS

FERREIRA GULLAR
CRÔNICAS PARA JOVENS

Ora de forma divertida, ora de forma mais reflexiva, Ferreira Gullar trata de uma variedade de assuntos, entre eles os acontecimentos do dia a dia, o Brasil e os brasileiros, o período da Ditadura, o encantamento com a infância, memórias, o início de sua carreira, amigos, entre vários outros temas. Além das crônicas, há uma entrevista feita com o autor especialmente para esta antologia.

GILBERTO FREYRE
CRÔNICAS PARA JOVENS

Gilberto Freyre crônicas para jovens reúne 26 crônicas especialmente selecionadas, sendo 9 delas inéditas em livro. A antologia aborda temas cotidianos, como o crescimento e a transformação das cidades, alimentação, preservação da natureza, infância. Esses temas estão separados em cinco grandes partes: "Conservar é Preciso", "Alimentação como Identidade", "Em Defesa do Mundo Natural", "Histórias da Infância" e "A Cidade e Seus Encantos". São textos curtos, de leitura rápida, escritos nas décadas de 1920 a 1970 cujo resultado é uma curiosa jornada pelo tempo: fatos ou comportamentos que pareciam de tempos passados impressionam pelo fato de se manterem os mesmos ao longo de décadas, até o presente momento. Livro ideal para os jovens conhecerem Gilberto Freyre, autor de *Casa--grande & Senzala*, um dos mais importantes ensaios historiográficos sobre o Brasil.

IGNÁCIO DE LOYOLA BRANDÃO
CRÔNICAS PARA JOVENS

A presente seleção contempla 23 crônicas de Ignácio de Loyola Brandão, agrupadas em seis temas: "De Araraquara a São Paulo", "Cenas de rua", "Foi comigo mesmo", "Sem fantasia", "Só rindo" e "E uma declaração de amor". Pequenos fatos do cotidiano, situações engraçadas, pessoas anônimas, acontecimentos políticos e sociais do Brasil e do mundo, reminiscências da cidade natal, a vida na cidade grande, dúvidas, denúncias, relatos pessoais e encontros são registrados pelo olhar atento e aguçado de Loyola, ora de forma leve e bem-humorada, ora de forma mais crítica e reflexiva.

LIMA BARRETO
CRÔNICAS PARA JOVENS

O livro apresenta 29 crônicas que permitem ao jovem leitor conhecer um pouco do nosso passado histórico sob os olhos criteriosos de Lima Barreto. Nos textos, a presença de um escritor que se sensibiliza com a vida difícil de indivíduos comuns; que reflete sobre as questões políticas de sua época; que constata as transformações de sua cidade e que denuncia as injustiças sociais e os poderes estabelecidos pela elite branca.

MARINA COLASANTI
CRÔNICAS PARA JOVENS

"De todo modo, a natureza", "O olhar feminino", "Maridos & esposas", "Questões incômodas" e "Alguns outros amores" foram os temas escolhidos para esta seleção de crônicas, gênero que tanto agrada o público leitor pela variedade de assuntos e formas de contar. Marina Colasanti traz à tona o universo existencial feminino e as questões sociais de nosso país. Ela relembra, também, os amigos queridos, reflete sobre experiências vividas, narra eventos corriqueiros, choca-se com o desrespeito à natureza. Sua marca em todos os textos é a profunda percepção do real e a sensibilidade com que usa as palavras.

RUBEM BRAGA
CRÔNICAS PARA JOVENS

O livro reúne 30 crônicas agrupadas em cinco subtítulos: "Amor... Ou Quase, Parece que foi ontem!", "Confidências", "Quase confissões", "De Plantas e Bichos" e "Em qualquer lugar". Rubem Braga, com um olhar atento e sensível, deixa registrado em suas crônicas: fatos do cotidiano; seu sentimento pela natureza; as inquietantes questões políticas; as contradições do amor; o apreço pela amizade; o afeto pelas pessoas; os problemas sociais e o agitado espaço urbano.